TRIP

Catherine van Schalkwyk

Malherbe Uitgewers Publikasie

Outeur: Catherine van Schalkwyk
Voorbladontwerp: Ria Richards

Geset in Franklin Gothic 12pt

ISBN 978-1-991455-67-3
Eerste Uitgawe 2024

Hierdie boek is nie net 'n boek nie, dis geïnspireer deur drie ware gebeure. (Natuurlik nie die moorde nie.)

Die traumas van Fleur – die molestering as kind, verkragting deur haar kerel, en die noue ontkoming van mensehandel – was ook my traumas. Die skryf van hierdie boek was my terapie, om te kon vrede maak met wat met my gebeur het. Daarna het ek professionele hulp gekry en nou kan ek oor my einas in die lewe praat, sodat ek ander kan help. Hulp vra is nie 'n skande nie, dit bring genesing sodat jy die mens kan wees wie jy gemaak is om te wees.
C van Schalkwyk.

1

OKTOBER

FLEUR

Sy word verblind deur 'n lig wat direk in haar oë skyn. Dit maak nie saak hoe sy haar gesig draai nie, sy word verblind. Sy roep 'n paar keer om hulp, maar niemand antwoord nie. Sy probeer luister vir geluide, vêr weg hoor sy 'n horlosie se tik-klank.

"Hallo!" roep sy weer.

Haar hande is agter haar rug vasgebind. Sy ruk-ruk aan die ketting, maar dit is agter haar teen die muur vasgemaak. Soos sy rondskuif op die vloer begin sy bietjie meer uitmaak van waar sy is. Dis 'n reuse stoor, met sinkmure, 'n sinkdak en 'n sementvloer. Dis ysig, té ysig vir die tyd van die jaar.

Haar kop draai van al die rondskarrel. Sy knyp haar oë styf toe, sodat die lig nie bydra tot die klop in haar kop nie. Sy moes iets ingeneem het wat haar sisteem heeltemal omverwerp. Sy hoor iets buite, "A car," sê sy saggies. 'n Swaar deur skuif oop. "Hallo? Usizo. Help!" skree sy smekend.

"Jy kan maar roep soveel as wat jy wil, hier is niemand behalwe ek en jy nie." Fleur kom staan tussen haar en die lig. Dit vat haar oë 'n sekonde of twee om te herstel en in die skaduwee van Fleur se liggaam, iets uit te maak.

"Wie is jy? Wat soek jy? Wat maak ek hier?" vra sy in 'n Zoeloe aksent.

"Ai, ou Emma, al die vrae, en hoe gaan dit jou help, huh?" Fleur sug.

"My naam is nie Emma, ek is Joyce. Ek is nie Emma," probeer sy verduidelik in haar gebroke Afrikaans.

Fleur hurk voor Joyce en vryf oor haar wang. "Jou naam maak nie vir my saak nie, dis die boodskap wat daar buite moet eggo wat saak maak."

"Ek verstaan nie. Wat soek jy met my?" smeek Joyce huilend.

Fleur skuld haar kop, vryf nog 'n keer oor Joyce se wang. Joyce ruk haar kop weg, en huil histeries. Fleur skuif haar hand onder Joyce se ken in en gryp haar aan die kakebeen. Haar wange druk op tot teen haar oë. Haar hele liggaam ruk.

"Asseblief?" probeer sy nog 'n keer vir haar lewe baklei. Fleur lig Joyce se kop op en trek 'n swart sak oor haar kop. Stywer en stywer om haar gesig. Joyce skree, haar hele liggaam volhard om die laaste bietjie lewe binne haar te behou. Met die skarrel en skop, tref sy Fleur. Fleur val agteroor en verloor haar greep om die sak. Hierdie gee Joyce 'n kans en sy snak na haar asem.

"O nè, na alles wat jy aan my gedoen het, wil jy nog 'n bakleiery opsit," skel Fleur toe sy nader loop en die sak weer styf trek.

"Nee wat, kom ons begin maar van vooraf."

Joyce skree weer, maar hierdie keer nie vir lank nie. Alhoewel die lewe binne haar ook nie lank hou nie, moet Fleur haar greep om die sak styf hou sodat sy nie weer weggeskop word nie. Toe haar bene stil op die vloer lê, kom die gevoel van oorwinning oor Fleur se gemoed. Sy laat sak Joyce se liggaam en maak haar hande los.

"Siestog, jy't nogal fight in jou gehad," sê sy vir die liggaam wat voor haar op die grond lê. Sy sleep die liggaam nader aan die deur, stap uit en trek haar Baywindow Paneel Kombi nader.

"Hoekom. Moes. Jy. So. Oor. Gewig. Wees. Emma?!" Daar is frustrasie in haar stem terwyl sy sukkel om die liggaam in die kombi te laai.

Sy het haar aand goed gekies. Die volmaan skyn helder op die verlate plaaspaadjie en die warm Oktober aand is perfek vir wat sy volgende moet doen.

CLARA

Clara maak die lêer toe en gaan lê op haar arms. Net 'n minuut, dink sy en maak haar oë toe. 'n Reeksmoord het lanklaas so erg met haar gedagtes gespeel; al die slagoffers is vrouens, die moorde weerspieël iets persoonlik, dis die manier hoe die liggame gelos is, naak en bar. Daar is twee ander reeksmoorde wat ook by haar spook, maar vir nou fokus sy op die nuutste geval.

Sy skrik wakker met die oggendverkeer se lawaai, taxi's wat toet en werkers wat luidkeels gesels oor wat die dag vir hulle inhou. Sy kyk op haar horlosie – 07:53. Die polisiemanne gaan binnekort die kantoorblok instroom. Haar telefoon lui.

"Speurder van Wyk."

"Wel, ek neem aan jy't by die kantoor geslaap." Rentia Smit is Clara se kaptein. Sy ken Clara beter as enige iemand in die polisiekorps.

"Kom sien my, ons moet die reeksmoord sake bespreek."

Clara raak opgewonde. Het haar kaptein uiteindelik die lig gesien, dat daar wel ooreenkomste is tussen die drie verskillende reeksmoorde? Sy kry al haar lêers bymekaar, gorrel 'n doppie mondspoel en trek die ekstra stel klere aan wat sy in haar kantoor hou. Reg vir aksie, dink sy en stap kop omhoog die gang af.

"Clara, kom binne, maak die deur agter jou toe."

"Seks," val Clara haar kaptein in die rede.

"Askies?"

"Seks. Dit is wat die moorde in gemeen het. Of wel, 'n vorm van seks."

"Clara, wag. Raak rustig, haal asem."

"Kaptein ..." Daar kom 'n moedeloosheid oor haar.

"Clara, ek hoor jou. Ek hoor wat jy sê, maar een ooreenkoms soos seks is nie genoeg om verder tyd hieraan te mors nie. Buitendien, twee van hierdie moorde het nie eers in ons distrik gebeur nie, so ons het geen gronde om dit verder te ondersoek nie."

"Ja, maar drie jaar terug het dit, en daardie saak is steeds nie opgelos nie," probeer sy haar saak sterker maak.

"Die saak van drie jaar gelede is deur die hof uitgegooi," keer Rentia haar.

"... en steeds sit ons met 'n lyk en 'n moord en geen antwoorde nie."

"Clara, stop dit. Dis afgehandel, die besluit is gemaak. Los die ander twee sake, fokus op die vrou wie se liggaam ons laas week gekry het, en dis dit."

Clara wil haar weer in die rede val.

"Dis 'n opdrag!" verhef Rentia haar stem.

Clara word tot stilte geruk en vir 'n paar sekondes staan hulle vir mekaar en kyk. Clara draai om en stap na die deur toe.

"Clara?" Rentia se stem is bedaard. Clara gaan staan stil, maar draai nie om nie.

"As jy aan die sake wil werk in jou private hoedanigheid kan jy, maar geen tyd of geld sal verder deur die departement hieraan spandeer word nie."

Clara maak die deur oop en stap uit die kantoor.

5

"Fok!" Clara is goed moerig en slaan haar kantoordeur agter haar toe. Sy gooi die lêers op haar lessenaar en val in haar stoel. Rentia is reg, sy het nie genoeg bewyse nie en haar sesde sintuig is definitief nie 'n rede wat gaan vasstaan in die hof nie. Maar fok man, kan Rentia ten minste nie net vir haar die voordeel van die twyfel gee nie, dink sy.

2

NOVEMBER

CLARA

Dis vroeg November en die Kersversierings blink in al wat 'n winkelvenster is. Hierdie is Clara se gunsteling tyd van die jaar. Sy begin in Augustus al Kersliedere sing en haar kollegas word teen die mure uitgedryf soos sy die weke aftel tot Kersfees.

Sy is dankbaar vir 'n stil aand by die huis, waar sy deur die sake kan werk wat by haar spook. Net toe sy dink om aandete te bestel, lui haar interkom.

"Ek maak oop," sê sy opgewonde.

Arno en Clara het op die klimraam van Babbelbekkies Kleuterskool ontmoet. Van daar af is hulle na dieselfde laerskool toe. Hulle paaie het geskei toe hy na graad 7 na 'n top-seunskool toe is, maar by die polisie akademie het hulle vriendskap weer hervat.

Arno werk vir 'n privaatspeurder- en hoë-risiko agentskap, maar wanneer die werk druk en enige een van hulle nuwe perspektief soek, druk hulle op mekaar se knoppies. Natuurlik met uiterste diskresie en vertroulikheid. Daar is niemand in die wêreld wie Clara meer vertrou as Arno nie.

"Ahh, my gunsteling! Ek wou nou net bestel. MOCHACHOS!" spot sy in 'n skelm stem toe sy die wegneemetesak in sy hand sien.

Arno lag, gee haar 'n soen op die wang en stap die woonstel binne.

"Jus, maar jy't nie gegrap toe jy sê dié sake spook by jou nie." Hy bekyk die vertrek van hoek tot kant. Elke muur, venster en oop spasie in haar oopplan leefarea is geplak met foto's, name, notas – 'n massiewe geheuekaart van drie reeksmoorde.

"Jy't 'n gaatjie gemis," spot hy haar en wys na die plafon.

"As ek net daar kon bykom," byt sy terug. "Kom laat ons eet, voor ons lang aand begin."

Na aandete ruim beide van hulle die boksies en papiersakke op, skink 'n glasie whisky en stap na die geheuekaart.

"Oukei, so …" begin Arno die stukke gesprekke tussen hulle, in sy kop weer bymekaarsit. "Die Modus Operandi is uiteenlopend; elke moord gebeur 'n ander tyd van die jaar, die intensiteit van die moorde verskil, dié een …" hy wys na 'n liggaam van 'n man, moord nommer een, "... is gru, hard, martelend, maar die ander moorde is vinnig."

"Ja, daar's baie bloed, waar die ander twee geen bloed het, behalwe vir die geskryf op hulle liggame nie," voeg sy by.

"Hmm, okei. Die *MO* is twee mans en dan 'n vrou," dink hy hardop.

"Ja. Slagoffer een is 'n jong man, nommer twee is 'n Moslem man en die derde slagoffer is 'n Zoeloe vrou," brei sy die sake uit.

"For Sale," lees hy hardop terwyl hy die foto's teen die mure kyk, "en dan slegs die nommer vyf." Hy draai na Clara wat aan die ander kant van die tafel staan. "Wat sê die bloedanalise? Wie se bloed is dit wat gebruik was?" vra hy.

"Die slagoffer s'n," wys Clara na die forensiese resultate.

"Enige vingerafdrukke? Dit lyk of die woorde met 'n vinger op die liggame geskryf is." Hy wys na een van die foto's van die slagoffers.

"Nee, die slagoffer se vinger is elke keer gebruik. Bloedanalise het met ooreenstemmende DNA teruggekom," antwoord Clara.

"Maar slagoffer nommer een het geen geskryf of vreemde bloedtekens op sy liggaam nie?" vra Arno.

"Nee, maar die boodskap wat uitgestuur word is net so drasties, indien nie erger nie," verduidelik sy, want sy weet wat hy volgende gaan sê.

"Hoeveel slagoffers was daar nou al van elke geval? Verfris net weer my geheue. Daar is drie tipes moorde geïdentifiseer – 'n jong man, 'n Moslem man en 'n Zoeloe vrou, en tot dusver het julle twaalf slagoffers in elk van die kategorieë gevind. "

"Dis korrek. Daar is al die foto's."

Sy skuif 'n lêer na hom toe.

Arno mompel vir homself soos hy die geheuekaart op en af volg. Eers by slagoffer twee, dan drie, dan een, terug na drie toe. So gaan dit vir 'n goeie vyf minute soos hy alles in sy kop probeer inpas.

Clara staar hom aan en probeer luister wat hy sê, maar sy gepraat is te sag. Hier en daar vang sy iets.

"Ek weet wat jy volgende gaan sê," onderbreek sy Arno se denkproses. "Maar die MO is dan mos nie dieselfde nie," praat sy in 'n dieper stem om hom na te maak. "Die bloed oor slagoffer een se pelvis spreek harder as enige geskryf sou ..." begin sy aanvallend verduidelik.

"Hey, ontspan," kalmeer hy haar. "Dis glad nie die geval nie, ek probeer dit nog self uitmaak," verduidelik hy. "Maar hoor my gedagte."

Clara rol haar oë. "Maar ... as 'n sin met 'n maar begin ..."

"Miskien ..." val hy haar in die rede, "is moorde twee en drie, die Moslem man en die Zoeloe vrou, dieselfde moordenaar of selfs na-apers van die moordenaar van die jong man. Miskien is jy op die regte spoor, maar net met die laaste twee, die Zoeloe vrou en die Moslem man, maar nie met die jong man se moord nie."

"So jy glo my darem halfpad."

"Hierdie gaan nie oor glo of nie glo nie, Clara. Hierdie gaan oor konkrete bewyse. Ek kan sien hoe jy dink, maar dink en 'n sesde sintuig gaan nie voor 'n hof water dra nie," antwoord hy.

Arno se foon lui.

"Chaz? Yes. Shit, I'll be there is ten minutes." Hy skakel die foon af.

"Rain check? Jy weet mos, duty calls."

Arno gee vir Clara 'n soen op die wang.

Clara gaan staan voor die geheuekaart van die moorde.

"Moord nommer een, waar is jou bewyse?"

3

DESEMBER

FLEUR

Kersversierings, liggies, liedjies, dansies, elfies; wat meer het die mensdom nodig om hulleself te bluf dat die lewe tog lekker is? kla Fleur se gedagtes soos sy die verbygangers aanstaar. Sy sit agter in die koffiehuis op die sagte banke. Sy wou net 'n bietjie wegbreek van die spreekkamer. Na die wilde deurloop van honde en kat eienaars wat kom kalmeermiddels aanvra vir die volgende twee weke se losbrand van vuurwerke, het sy werklik 'n blaaskans nodig.

Sy het met 'n rede 'n beroep gekies waar sy eerder met diere werk as met mense. Tant Stienie se geselsies oor Kerneels se vlooie en nuwe truuks het sy glad nie voor tyd nie, so sy "Ag oulik" of "Ai" maar net en verder fokus sy op Kerneels. "Maar dit is tóg tant Stienie wat vir Kerneels moet bring, want hoe anders sal hy by die spreekkamer uitkom," antwoord sy haarself.

"O Fok" dink sy. "My ma het altyd gesê net mal mense antwoord hulleself," lag sy hardop vir haarself.

Die mense by die tafel langs haar kyk met verbasing na haar. Sy glimlag en kyk af na haar selfoon.

Miskien moet sy ook vir haar 'n troeteldier kry, soos almal wat foto's plaas van hulle en hulle 'Kerneelsies'. Dat sy ook kan inpas met wat die gemeenskap as normaal beskou. Indien sy die troeteldier roete gaan, sal sy iets wil hê wat nie baie fieterjasies nodig het nie.

Daardie gedagte word vinnig in die kiem gesmoor toe 'n foto van haar kinderdae as herinnering op sosiale media op pop.

30 Jaar gelede

Haar ma draai om, trek die deur effens toe en sit die kamerlig af. Die gang se lig skyn effens in haar kamer, net genoeg dat sy nie in die donker aan die slaap hoef te raak nie. "Pappa is nog nie by die huis nie, hy werk weer laat," fluister sy vir haarself.

Sy lê in haar bed, tussen 'n see van teddiebere. Sy draai op haar sy en trek haar gunsteling beertjie nader en probeer aan die slaap raak.

Sy glo sy het die mooiste bed in die hele wêreld. Dis 'n wit staalraambed met groot goue knoppe bo-aan die twee hoeke van die kopstuk. Soms speel sy klim-en-klouter teen die raam wanneer sy alleen in haar kamer is. Sy dink haar ma sal met haar raas as sy sien sy hang aan haar bed, dis hoekom sy dit in die geheim doen. Maar dis nie al wat sy soms in die geheim doen nie.

"Fleur, Fleur ..." Haar ma raak aan haar skouer om haar wakker te maak. Fleur kreun. "Hoekom is jou slaapbroekie en jou pantie op jou enkels?" fluister haar ma.

"Ek weet nie," antwoord Fleur deur die slaap.

"Trek jy jou broekie en jou pantie self af?" vra haar ma terwyl sy haar pantie en slaapbroekie weer optrek.

"Nee, Mamma," antwoord Fleur, maar sy weet dít is nie die waarheid nie ...

"Excuse me, ma'am, can I get you anything else?" ruk die kelnerin haar gedagtes terug na die hede.

"Just the bill, thanks," antwoord sy verbouereerd.

Sy kry 'n krieweling tussen haar bene, een wat sy bitter lanklaas gehad het. Sy raak vies vir haarself wanneer sy haarself toelaat om haar gedagtes te laat dwaal na plekke wat sy vir ewig wil vergeet.

Sy betaal die rekening en los 'n helse fooi vir die kelnerin. "Dis ten minste iets goeds wat ek in hierdie 'feesseisoen' kan doen," fluister sy vir haarself toe sy die kontant in die omslag sit.

Terug by die spreekkamer staan daar talle 'Tant Stienies' en hulle 'Kerneelsies'. Sy stap deur na haar kantoor, trek haar wit oorjas aan en vat die volgende lêer op die lessenaar.

"Kerneels!" roep sy die naam al laggend uit.

4

JANUARIE

CLARA

Die repeterende klank van die bal wat die muur tref help nie veel vir Clara se gedagtes om hierdie tameletjie van 'n moord op te los nie. Soos sy agteroor sit besef sy sy moet weer fokus en kyk sy na die lêer op haar tafel.

"Ha! Lightbulb moment!" roep sy verlig uit.

"VYF. Zoeloe vrou." Sy organiseer van die papiere en foto's rond en bond op haar tafel. Eers een papier regs, dan skuif sy dit weer links. Plaas 'n foto by die eerste papier, sprei hulle 'n bietjie uit. Sy skarrel so vir omtrent vyf minute.

Sy tel die telefoon op en skakel 'n nommer. "Kaptein. Ek het dit! Versorgers. Oppassers.

Bediendes. Hoe-ook-al mens dit wil noem. Dís die teikens van die 'VYF' reeksmoordenaar."

"Goeie werk, Clara. Vind uit wat het hulle almal in gemeen, miskien werk hulle in dieselfde omgewing, gebruik dieselfde vervoer, wat ook al, vind uit." Rentia klink meer beïndruk as die afgelope twee maande se bakleiery en stryery.

"Reg so, Kaptein. Ek stuur vir sersant Jansen en sersant Beukes na van die slagoffers se familielede en ek sal ook van 'n paar families gaan ondervra. O, en Kaptein?"

"Ja, Speurder?"

"Kan ons asseblief dokter Forest kry om 'n profiel van die moordenaar te kom doen? Ek dink daar is meer as net moord met hierdie saak, daar is definitief iets sielkundiges ook betrokke."

"Dis reg so. Ek sal 'n oproep maak en na jou toe terugkom."

"Dankie, Kaptein. Oor en uit."

Sy sit die foon neer en stuur dadelik die nodige bevele uit na haar kollegas.

'n Gevoel van verligting vloei deur haar liggaam. Sy lig haar kop omhoog en val in haar stoel neer en begin huil.

"En nou?" Arno staan in die deur.

"Drie maande. Drie maande in mure vasloop. Van probeer en probeer. En hier, so duidelik soos daglig is dit. Die ooreenkomste tussen die slagoffers," antwoord sy sonder om vir hom te kyk.

"Weet jy hoekom het kaptein Smit vir jou gesê om die ander sake te los en net op hierdie een te fokus? Juis hieroor. Want as jy aangehou het om jou kop oorvol te prop met sake wat nie op jou, jou distrik, of jou diens van toepassing is nie, kan jy nie die sake op jou eie voorstoep oplos nie," praat hy in 'n sagte bemoedigende stem. Hy stap nader, lig haar van die stoel af op en druk haar teen hom vas.

Hy weet hoe lam 'n mens voel na 'n deurbraak in 'n saak.

"Hey, hoe klink 'n wegneem burger? Dan ry ek saam met jou om die families te gaan ondervra."

"Jy weet ook alles en hoor soms goed wat jy nie moet hoor nie," spot sy. Sy weet hy is meer oplettend as 90% van die speurders wat sy ken, en sy ore nog skerper.

Hulle kry hulle burgers en tjips en stap kar toe. Sy vat 'n reuse hap uit haar burger terwyl Arno na die slagoffer se huis ry.

"Sal jy vanaand ook beskikbaar wees om deur al die verslae te werk, sodat ons kan sien wat is die ooreenkomste tussen al die slagoffers?" vra sy met 'n mond vol kos.

"Kan ons dan sommer die hamburger wat jy eet ook analiseer?" terg hy haar onvroulike gewoonte.

Sy lag en prop 'n slaptjip in haar mond.

5

FEBRUARIE

FLEUR

Fleur stap uit die *spinning*-klas en haal lekker diep asem. Dis presies wat sy nodig het na 'n lang dag by die werk. Sy gaan maak haarself tuis by die dumbbells en glimlag al te vriendelik vir haar mede-gymgangers. As veearts en helikoptervlieënier, asook die nou en dan se ekskursies wat sy vat, het sy nodig om fisiek sterk te wees.

Om 'n dooie liggaam op te tel en rond te skuif is nie vir sissies nie – lag sy in haar binneste. Sy is vertroud met die gymtoerusting en handel haar gymsessie vinniger af as meeste van die gymgangers. Een ding wat haar grensloos irriteer, is diegene wat kom gym om lyf te wys en 'n drie ure sessie van lyf wys en spiere bult, in veertig minute produktiewe oefen te kan inpas. Dis seker omdat sy nie tyd het om te mors nie, en ook nie belangstel in enige vorm van verhouding of klets nie.

Alhoewel, as sy een vir verhoudinge en klets was, sou die man met die donker hare en blou oë wat elke keer by die gym instap wanneer sy uitstap, definitief 'n rede gewees het om ook haar sessie te rek na drie ure toe.

Haar gedagtes ruk terug na die hede. Sy glimlag vir hom en stap verby. Sy kan voel hoe hy haar agternakyk, maar sy stap net verder.

Haar aandag word getrek deur 'n blonde man, effens oorgewig, wat ongeduldig en onbeskof oor die telefoon praat.

"Ek het vir jou gesê ek het nie nou tyd vir dit nie. Ek is by die gym. As ek by die huis kom beter jy jouself reggeruk het ..." loop hy al skellend op en af in die parkeerterrein.

Hierdie geleentheid kan sy nie laat verbygaan nie, dit is tog Februarie, dan nie.

"Skies tog?" Fleur giggel, rol haar poniestert deur haar vingers en trek sy aandag met 'n waai. Sy praat in 'n hulpelose stemmetjie soos haar mede-gymgangers. Sy leer mooi, dink sy. Die man sê iets oor die telefoon, druk dit dood en stap nader.

"Ja, waarmee help ek?" vra hy vriendelik.

"Ahh," sug sy, "ek sien ek het 'n pap wiel. Sal jy my asseblief kan help?"

Die spreekkamers is vir 'n oomblik stil. Fleur sit agter haar tafel en vyl haar naels. Haar gedagtes is oorlaai met gister se gebeure. Gewoonlik vermy sy dit om die toneel voor haar te laat afspeel, maar hierdie keer kan sy nie help om terug te dink aan waar alles begin het nie.

15 Jaar gelede

Sy laai hom by die busstop af. Die totsiens sê is angswekkend. Iets binne haar wil uit haar bors skeur. Sy dink dit is liefde, maar is liefde werklik veronderstel om mens histeries te maak, wonder sy.

Sy staar die bus agterna met meer vrae as antwoorde. Haar kop skree HARDLOOP WEG, maar haar hart het baie skuldgevoel. Meteens is die steekpyn en brand tussen haar bene op tot in haar maag, terug.

Sy bel haar vriendin in trane, maar sy kry nie haarself sover om iets oor die skree in haar te vertel nie. Sy wou gaan koffie drink het net sodat sy nie vanaand hoef terug te gaan na waar alles gebeur het nie. Sy sidder om te dink dat sy alleen saam met haar eie gedagtes moet wees.

Terug in haar vuurhoutjieboksie-grootte woonstel sit sy op die bank onder 'n kombers. Alles is seer en daar is steeds bloed in haar pantie.

Is jy oukei? sien sy 'n boodskap op haar foon.

Ek weet nie. Hoekom het jy nie opgehou toe ek gevra het nie?

"Dokter?!" roep die assistent buite haar kantoordeur.

"Kom binne!" antwoord sy.

Die assistent maak die deur oop. "Ons is klaar vir die aand, Dokter ..."

"Dis reg, ek sal toesluit, dankie. Mooi aand," val Fleur die assistent in die rede.

Fleur pak haar skootrekenaar en persoonlike goed in haar skootrekenaarsak. Sy wens sy kon 'n koue stort vat om die warm dag af te spoel, maar sy het 'n besige aand wat vir haar voorlê.

Sy ry met die verlate pad oor die koppie, tussen die bosse deur tot by die skuur. Sy is baie oplettend en bewus van haar omgewing. Alles lyk soos sy dit gelos het. Sy parkeer haar kombi by die groot staaldeur sodat sy nie later hoef te sukkel nie.

Sy skuif die deur oop en daar lê hy, presies soos sy hom gelos het.

"Ai, die arme vent." Sy praat hard genoeg dat hy haar kan hoor indien hy wakker is. Sy kyk op haar horlosie om te sien hoe lank hy al in die stoor lê. 19:55.

Sy stap nader en skop hom teen sy voet.

"Hey, word wakker."

Met 'n slag ruk hy om en gryp na haar voet. Hy mik om die kettings wat om sy hande is om haar enkels te gooi om haar te pootjie, maar sy is vinniger as hy.

Sy spring weg, tree 'n paar treë terug sodat hy nie by haar kan uitkom as hy weer iets sou probeer nie en sy begin uit haar maag lag.

"Jy is een vir die boeke, ou maat. Genade. Jy lê seker al heeldag en droom oor hoe jy gaan ontsnap."

"Fok jou!" skree hy en spoeg in haar rigting, maar hy mis haar.

Sy hurk sodat sy hom reguit in die oë kan kyk. Hy skuif homself nader aan die muur met sy bene onder sy lyf in. Sy hou haar afstand, weg van hom af.

"Dink jy jy is my eerste? Jy het gee idee waarvoor jy jouself gelaat het nie. Inteendeel, kom ek maak jou deel van my geheim. Jy, liewe mens, gaan my dertiende slagoffer van hierdie moord wees, my agt en dertigste slagoffer as ek die ander bytel. Ek skrik nie vir jou nie, jy is ook nie die eerste of die laaste persoon wat my probeer oorwin het in my eie speletjie nie."

"AHHHHHHHH!" skree hy so hard as wat hy kan en spring in haar rigting.

Die ketting maak dat hy so 'n halwe meter voor haar vassteek, maar hy hou aan skree. Sonder om 'n spier te beweeg, hou sy haar blik op hom. Sy staar na hom terwyl hy alles binne in hom uitlaat met die skree. Sy asem raak op en hy val huilend op die grond neer.

"Voel jy beter?"

"Fok jou!" Hy bly lê op die grond soos hy geval het.

Sy staan op om haar gereedskap reg te gaan kry sodat sy die aand se verrigtinge kan begin.

"Wie het jou in die lewe so seergemaak dat jy dit onverdiend uitdeel?"

"Jy is nie so onskuldig soos jy voorgee nie."

"Ek het niks verkeerd gedoen nie."

"Ahh asseblief, Johan. Kom nou, ek is nog heeltyd eerlik met jou. Die minste wat jy kan doen is om dieselfde respek vir my te gee as wat ek vir jou gee."

"Wie de fok is Johan? Jy is seniel!"

Fleur ignoreer sy vraag en opmerking en hou aan praat asof hy niks gesê het nie. "Jy sien, om met jou meisie te praat soos jy in die parkeerterrein gedoen het, dan om te draai en met al wat 'n meisie is in die gym te flankeer, is mos nie reg nie. Dan het jy nog die vermetelheid om aggressief teenoor vrouens te wees. Sê my, jy verneuk dan seker ook jou meisie, of hoe?" Sy draai om met 'n plastieksak.

"Waar kom jy aan die kak? Wat gaan jy met die sak doen?" Hy deins weg, nader aan die muur om weg van haar af te skuif.

Sy trek haar mond in afkeur en skud haar kop.

"Ek wonder of jy net onnosel is en of jy werklik nie jou samewerking wil gee nie. Jy kan nie my vrae met 'n irrelevante vraag beantwoord nie. Ek het jou mos nou mooi gevra om eerlik te wees, soos wat ek eerlik is."

Sy stap nader aan hom, gryp die ketting om sy voete en trek dit na die middel van die vloer totdat hy op sy rug lê. Natuurlik sit hy 'n bakleiery op, maar sy is vinnig genoeg om die ketting om 'n haak te trek sodat hy uitgestrek oor die vloer lê met sy arms bo sy kop uitgesprei. Daar is nêrens heen vir hom om te ruk of te draai nie.

Sy gaan sit wydsbeen op sy bors, trek die plastieksak oor sy kop.

"Ek het mos nou genoeg mooi gevra." Sy trek die plastieksak styf oor sy kop. Hy skud van kant tot kant, ruk om sy arms en bene te probeer los kry, sy kop ruk ook kant tot kant en hy skree.

Fleur hou die plastieksak styf vas en probeer hom so stil as moontlik hou. Net voor hy te stil raak verslap sy haar greep om die sak en hy kan weer asemhaal.

Teen 22:30 het sy hom al vyf keer deur die versmoringsproses gesit. Hy kry elke keer genoeg asem om verbaal terug te baklei, maar steeds nie sy kant te bring nie, dan vat sy die plastieksak maar net van voor af. Hy lê doodmoeg en uitgeput op die vloer, presies waar sy hom wil hê. Sy draai om terug tafel toe, sit die plastieksak neer en krap rustig op die tafel rond. Dan draai sy om met 'n vlymskerp mes in haar hand.

"So, liefste Johan, is jy reg om te kry wat jou toekom?"

CLARA

"Ag fok. Net toe ek dink ons kom iewers."

Die onderhoude met die familielede van die slagoffers het toe geen bydrae gelewer tot die vordering van die saak nie. Daar is geen ooreenkomste tussen die slagoffers behalwe dat hulle in dieselfde beroep was nie.

Clara se telefoon lui. "Speurder van Wyk" antwoord sy. "Ek maak so, Kaptein." Sy sit die telefoon neer, vat haar lêer en stap konferensielokaal toe. Dokter Forest, kaptein Smit en ander agente staan om die tafel. Sy stap binne, groet en neem 'n plek in langs die tafel.

"Nou kan ons begin," sê kaptein Smit.

"Ek het baie noukeurig na die saak gekyk. Dis 'n baie interessante een dié," sê dokter Forest. Hy is 'n sielkundige en psigiater wat spesialiseer in kriminele gedrag en motiewe agter reeksmoordenaars. In hierdie hoedanigheid sal hy as 'n *Profiler* intree.

"Die slagofferprofiel wys vir ons dis 'n Zoeloe vrou, groot gebou wat 'n oppasser of huishulp is. Dit wil ook voorkom of die keuse van wie dit sal wees, impulsief is, omdat die slagoffers geen ander ooreenkomste toon nie," verduidelik hy. "Verder, die moord opsig self is nie té persoonlik nie. Die slagoffers is versmoor, wat 'n vinnige, maar steeds martelende manier van moord is. Die moordenaar wil tog hê die slagoffer moet *suffer*."

"Wat sê dit vir ons van die moordenaar?" vra een van die agente.

"Gee kans, ons kom daarby." keer kaptein Smit.

"So, wat hierdie saak interessant maak, is die plasing van die liggaam." Dokter Forest se stemtoon verander, asof hy opgewonde of gefassineerd is. "Die slagoffer is half naak, sy dra slaapklere, dis dieselfde styl slaapklere in elke geval. Die slaapbroek en pantie is afgetrek tot op die knieë van die slagoffer en daar is 'n nommer vyf in bloed oor die lippe van die slagoffer se gesig geskryf." Terwyl hy verduidelik wys hy na die foto's van die moordtoneel.

"Molestering?" vra Clara.

"Einste. Die moordenaar beeld 'n geval van molestering uit. Die uitbeelding is baie persoonlik, so dit moes self met hom gebeur het."

"Hom? Hoe weet u die moordenaar is manlik?" vra Clara

"Het jy al 'n liggaam van hierdie grootte probeer optel en skuif?" vra dokter Forest. "Dit sit nie in enige persoon se broek om 120 kg se dooiegewig rond te skuif nie. Maar ons sal nou daarby uitkom."

"Mens kry baie sterk vroue ook daar buite. As die rondskuif van die liggaam die enigste rede is dat u sê dis 'n man, moet ons miskien oorweeg om ook na 'n vrou as opsie te kyk."

Clara kry 'n dodelike kyk van haar kaptein af, sy lig haar hande vraend op en dokter Forest verduidelik verder. Sy het mos die reg om 'n verkeerde profiel-analise aan te spreek en haar opinie te gee, buitendien, hierdie is haar saak.

"Ons kyk na iemand wat gemolesteer is toe hy – of dan sy – vyf jaar oud was. Die vyf verteenwoordig die ouderdom waarop dit met die persoon gebeur het, en die feit dat dit oor die lippe geskryf is beteken dat die persoon stilgebly het daaroor. So dit help nie eers dat ons molesteringsgevalle gaan opsoek in die databasis nie. Ons kyk na 'n persoon in sy – of haar – laat twintigs, vroeg dertigs wat liggaamlik sterk is wat hierdie kaliber liggaam self kan rondskuif."

Clara lig haar hand op. "As ek mag?" vra sy. Dokter Forest knik sy kop.

"Die moord gebeur nie op dieselfde plek as waar die liggaam geplaas is nie ..." voeg sy by.

"En daar is geen bewyse van enige ander plek waar die liggaam was nie. Hierdie moordenaar is baie versigtig en presies. Voeg dit by julle profiel-analise."

"Waarna sal ons dan kyk ..." Clara word in die rede geval deur telefone wat wild lui, haar foon inkluis. Sy kyk op na haar kaptein.

"Nog 'n moord."

Die toneel wat Clara in haar kop gehad het, en wat in die foto's uitgebeeld word, kan nie kers vashou by hoe die toneel in die werklikheid lyk nie. Vir 'n oomblik twyfel sy in haarself dat dit wel dieselfde reeksmoordenaar is, want die moordtonele verskil hemelsbreed!

"Hoe kan dieselfde mens twee sulke uiteenlopende moorde pleeg?" vra sy haarself af.

Maar dit is nie nou waar haar kop moet wees nie. Sy moet gefokus wees op die hede en die gru, bebloede toneel wat sy voor haar sien.

"TOD 23:45 last night," sê een van die forensiese beamptes vir haar.

"Thank you." Sy glimlag skrams na hom.

Hoe in die lewe kan iemand dit oor hulself kry om 'n ander lewe met sulke geweld en passie te neem, en dan die liggaam so gruwelik uit te stal vir almal om te sien.

"Haaa," snak Clara na haar asem, haal haar notaboek uit en skryf haar gedagte neer. "Hierdie gaan handig te pas kom," fluister sy saggies.

Sy bekyk die moordtoneel noukeurig van hoek tot kant, probeer haarself uit die situasie haal en as 'n onbetrokke buitestaander die omgewing sien.

Sy begin weer verder skryf;

Die liggaam is post-mortem hierheen geskuif.

Die slagoffer is dood deur sy penis wat afgesny is – hy het dood gebloei.

Oneindig baie bloed oor die pelvis area – betekenis?

Die slagoffer se penis is vasgeplak in sy regterhand.

Tekens dat hy eers versmoor is, maar steeds lewendig was toe die amputasie gebeur het.

Ooreenkomste:

Motief is 'n seksdaad – eers molestering – toe verkragting.

Moord op ander plek gepleeg.

"Maak sommer 'n aantekening dat ons deur winkels en lyste moet werk wat skoonmaakmiddels verkoop. Om hierdie hoeveelheid bloed te moet skoonmaak en skoon hou is nie net een bottel JIK nie," las kaptein Smit by.

"Reg so, Kaptein."

"Dink jy steeds dis dieselfde persoon?" vra kaptein Smit toe sy na Clara se aantekeninge loer.

Clara maak haar boekie toe. "Nie op die departement se tyd of geld nie." Sy glimlag en stap nader aan die liggaam vir verdere observasie.

6

MAART

FLEUR

Die geklets in die gym is al vir twee weke oor Nick se moord. "Ai, die arme vent," dink sy. Die enigste rede dat sy oorfone oor haar ore het, is sodat mense nie dink sy is oop vir geselsies nie. Dit dien natuurlik ook as 'n skerm dat sy die nuutste skinderstories kan hoor oor die verwikkelinge van die polisie – al weet sy baie daarvan is hoorsê met hel baie stertjies aangelas. Miskien is daar wel iets wat uitkom, wat haar aandag trek waaruit sy kan leer vir die volgende keer.

Dis iets nuuts vir haar om te hoor hoe haar werk deur ander mense bespreek word en om hulle opinies daarvan te hoor. Sy wil ook nie haarself te veel aan die opinies van ander steur nie, en dit doen darem niks aan haar ego om te hoor hoe ander van haar werk praat nie. Mens hoor so baie op TV dat mense moord pleeg en dan self na die radio of TV kyk om te sien hoe hulle werke uitgebeeld word, en dat dit 'n hupstoot is tot hulle volgende werk. Maar dis nie hoekom sy dit doen nie, en hoekom sy so fokus om uit die kollig of aandag te bly nie. Sover klink dit darem of haar doel bereik is, dat 'n duidelike boodskap deur die strate weergalm.

'Meneer donkerkop en blou oë' is vroeg vandag. Hy stop vir 'n oomblik by die foto van Nick wat by die ingang van die gym opgeplak is, skud sy kop in jammerte en stap die gym binne. Dis asof hy 'n bekende ster is soos die gymgangers om hom aangaan.

"Askies julle, ek het geen verdere antwoorde vir julle nie. Ek werk nie self met die saak nie, en as ek het, sou ek in elk geval niks kon sê nie. Kom ons respekteer die familie in hierdie tyd," sê hy kliphard dat die hele gym hom kan hoor.

Hy werk nie self aan die saak nie? Hmm, interessant, dink Fleur. Arno skuif die gymbankie tot langs haar in. Hulle maak oogkontak en glimlag vir mekaar.

"Hallo," groet hy.

Sy haal haar oorfone van haar kop af en hang hulle om haar nek. "Hi," groet sy terug.

"Jy's die enigste een wat nie faff oor Nick nie," sê hy terwyl hy vir hom dumbbells van die rak afhaal.

"Ek het hom nie geken nie." Buiten die feit dat sy meer inligting as almal van hulle het, wil sy natuurlik nie te betrokke word by 'n gesprek oor 'arme' Nick nie.

"Vreemd, soos ek hom geken het is dit ongewoon dat hy nie homself aan jou kom voorstel het nie," probeer hy verder geselsies maak.

"Ek is nie iemand vir gesels en klets nie," antwoord sy terwyl sy nuwe gewigte van die rak afhaal en die ander bêre.

"Nou maar toe, dan los ek jou," sê hy.

Sy sit haar oorfone terug op haar kop en tel die 20 kg dumbbells van die grond af op. Sy glimlag vir hom in die spieël en skuif haarself reg vir haar volgende oefeninge.

"Impressive." Hy vorm die woord met sy lippe sonder om dit hardop uit te spreek. Sy gee 'n laggie en begin haar bicep curls.

CLARA

Clara maak haar oë toe en probeer haar indink deur watter trauma iemand moet gaan wat moord pleeg, nie net moord nie, maar 'n herhaalde wraak beleef teenoor die persoon wat jou te na gekom het. Op 'n manier voel sy jammer vir die moordenaar.

"As jy net betyds hulp kon gekry het, sou so baie onskuldige mense nog geleef het," praat sy met die moordenaar terwyl sy na die nuutste foto's kyk.

Hierdie is geval nommer dertien vir die "AMPUTASIE-moorde" soos die stasie dit begin noem. Daar is ook twee verwikkelinge in hierdie saak, wat nie in die ander sake opgetel is nie. Eerstens is daar CCTV beeldmateriaal waar die slagoffer, Nick, in die parkeerterrein van die gym weg van die gym af stap tot buite die kamera se beeld. Dit wil voorkom of hy 'n rukkie daarna wel in die hoek van die beeldmateriaal verbystap en by die gym ingaan, maar niemand het hom in die gym opgelet nie, en sy toegangskaart is ook nie geregistreer nie. So alle aanduiding is dat daardie die laaste keer was wat hy gesien is. Per toeval was daar niemand anders in die parkeerterrein wat enige iets kon gewaar het nie. Die tweede ding is, Nick se verloofde beweer dat hy 'n humeur gehad het, wat hom al 'n paar keer in die moeilikheid gekry het. Ook dat hy by ander vrouens sou aanlê net om reaksie te kry. Sommige van sy gymgenote beweer dieselfde, dat hy by die dames in die gym sou aanlê.

Clara wag vir die verslae van ander agente wat van die vorige slagoffers se familie en vriende gaan ondervra het oor soortgelyke gedrag. Dit sal die slagoffers-profiel meer verfyn.

Sy kyk verder na die uitslae van die gom wat gebruik is om die penis aan die hand van die slagoffer te plak. Epoksie-gom. 'n Gewone, huishoudelike gom wat by enige standaard hardewarewinkel gekoop kan word. "Nóg 'n doodloopstraat," praat sy met haarself en blaai verder. Daar is ook geen verwikkelinge ten opsigte van die skoonmaakmiddels nie. Geen aankope wat buitengewoon of steurend is vir enige van die winkeleienaars in 'n 30 km radius nie.

Hierdie moord is vir haar die belangrikste. Die ritueel om hom te versmoor en dan verder te martel totdat hy dood is, is 'n boodskap op sy eie.

Sy blaai 'n paar bladsye terug, weer vorentoe.

"Wag 'n bietjie." Sy tel die telefoon op.

"Sersant Jansen. Die 'VYF' saak, is daar enige van die families wat die oppassers van molestering vermoed het of aangekla het? Indien nie, kyk deur die databasis of vorige families miskien sake gemaak het." Sy luister na wat hy terug sê.

"Ja, al twaalf slagoffers. Ek soek die verslae op my tafel so gou as moontlik." Sy sit die telefoon neer.

"Asseblief laat iets uitkom, asseblief dat hierdie 'n deurbraak sal wees," stuur sy 'n skietgebed op.

FLEUR

Daar is 'n histerie wat deur die stad se strate dwaal. Mense begin twee-twee rondloop, elke tweede Jan-rap-en-sy-maat bespreek die saak oor die telefoon, in koffiewinkels, in die veearts se spreekkamer. Opinies word gelug, party wat kras is en eerder kon gebly het, en ander wat konserwatief jammer is vir die slagoffers van die AMPUTASIE-moorde.

"Verkragters en vroueslaners kry wat hulle toekom," laat die een hoor. "Net die Here kan oordeel, dis nie die mens se plek om God te speel nie." skerts die ander een terug.

"Victor!" roep Fleur die volgende pasiënt se naam. "Klim op die skaal, ou grote," praat Fleur eerder met die swart Great Dane as met die eienaar. Sy skryf die gewig neer. "Kom deur," sê sy weer vir Victor. Soos hulle spreekkamer toe stap lees sy die veeartskaart. Sy maak die deur agter hulle toe. Victor is so groot, hy hoef nie eers op die tafel te staan nie. Sy behandel hom sommer staande.

"Net 'n opvolg?" vra sy vir die eienaar.

"Ja, asseblief. Vlooi- en ontwurmingspille ook asseblief," sê die jong man.

Sy kan voel hoe hy haar dophou soos sy met Victor werk, maar sy fokus haar aandag op die hond sodat sy nie in gesprek met hom moet gaan nie. Small talk is nou nie iets waarin sy belangstel nie.

"So, wat is jou opinie oor die moorde wat die stad op horings neem?" kom die vraag.

"Ek het nie eintlik 'n opinie nie." Maar wat sy eintlik wil sê is: "Die fokker het gekry wat hom toekom."

"Hulle sê die laaste slagoffer was ontvoer by die gym hier naby. Is dit nie waar jy ook gym nie?"

Fleur skrik 'n oomblik. Hoe de moer weet hy dit? wonder sy in stilte.

"Volg jy my?" vra sy verbaas.

"Nee." Hy gee 'n skaam laggie en bloos effens.

Is die man werklik so gevlei deur my, dat hy oor so 'n simpel opmerking bloos, dink sy.

"Ek sien baie keer jou kar daar staan as ek daar verbyry of winkel toe gaan," verduidelik hy verder.

"O, ja ek gym daar, maar ek het hom nie geken nie," sê sy kortaf.

"O, oukei, ek dink ..."

"Daar sy," val sy hom in die rede en laat Victor die laaste bietjie geursel van die vleisie van haar vingers aflek. "Jy kan hom weer oor ses maande bring," sluit sy die afspraak af en stap deur toe.

Sy maak die deur vir Victor en sy baas oop, was haar hande en stap uit na die ontvangs. Die middag is darem amper verby en sy kan uit die chaos en histerie in haar eie huis gaan rustig wees. Maar eers natuurlik, 'n lekker gymsessie om die frustrasie af te werk.

Die lugbraaier se alarm gaan af. Haar mond water vir die soetpatatskyfies en hoenderborsie wat sy vir haarself gemaak het vir aandete. Sy maak vir haar 'n bier oop en drink sommer uit die bottel. As mens self skottelgoed moet was gaan jy teen alle reëls van grootword en drink alles uit die bottel uit in plaas van 'n glas.

Dae soos vandag is sy bly sy het jare gelede haarself geleer om alle emosies vir haarself te hou, en slegs op sekere tyd toe te laat dat sy werklik voel wat sy wil voel. Alhoewel dit steeds uitputtend vir haar is omdat sy nóg meer 'n front moet voorhou.

Terwyl sy tafel toe stap gryp sy sommer 'n skyfie uit haar bord met haar mond. Sy sit haar kos en haar bier op die tafel langs haar skootrekenaar en gaan sit. Iets van die skootrekenaar prikkel 'n gedagtegang ...

15 jaar gelede

Die water stroom oor haar rug soos sy in die fetusposisie op die vloer in die stort sit. Die water verdun die bloed wat tussen haar bene uitloop. Sy probeer haar bene so naby as moontlik teenmekaar hou, maar dit keer nie die brand of die pyn wat haar hele onderlyf verlam nie. Sy lê met haar rug terug teen die koue teëls van die stort en trane loop by haar wange af. Haar bene val kant toe teen die vloer vas en stuur nog erger pyn en brand deur haar liggaam.

"Hou op, asseblief tog, hou net op," hoor sy haar eie smekende stem oor en oor in haar kop.

Watter deel van hou op het hy nie verstaan nie? Miskien het ek dit nie hard genoeg gesê nie. Dis wat hy laas keer gesê het, dat hy my nie gehoor het toe ek gevra het hy moet stop nie. Maar hierdie keer het ek dit hard gesê, amper geskree.

Dis nie die eerste keer wat sy hierdie gesprek oor en oor in haar gedagtes met haarself het nie.

Sy weet diep binne in haar hy het haar gehoor, want soos vantevore het hy gesê "hou net uit" en net nog dieper en harder homself binne haar ingedruk en gestamp. Hierdie keer het die bloed hom nie eers gestop nie.

Die deur van die badkamer swaai oop. "Gaan jy nou heeltyd daar sit en tjank?" sê hy met 'n geïrriteerde stem. Dis nie die eerste keer dat hy haar versoek om op te hou, geïgnoreer het nie, dis ook nie die eerste keer dat hy so reageer nie, maar dis die eerste keer dat hy haar seergemaak het.

"Hou op tjank!" verhef hy sy stem. "Jy laat my sleg voel en sleg lyk. Maak jouself skoon en ruk jouself reg, dis nie so erg nie." Hy draai om en slaan die deur toe ...

Met die slag van die deur in haar gedagtes is dit werklik haar interkomklokkie wat lui.

"Jehova getuies? Die tyd van die aand? Want dis die enigste mense wat ooit my interkomklokkie sal lui," sê sy vir haarself.

"Hallo?" antwoord sy.

"Hallo, ma'am, I have a Nandos delivery for ..."

"Wrong house, try another interkom or read the number properly," val sy hom in die rede.

7

APRIL

CLARA

Die mediaverslae het niks produktief gelewer nie, eintlik almal net op hol gelaat. Sy het gehoop dit bring iets meer konkreets na die tafel, maar op die ou end was dit toe meer chaos.

Teen die muur in haar kantoor is daar 'n kaart van waar al die liggame gevind is. Daar is plek-plek duimspykers ingedruk; in rooi is die VYF-moorde, in blou die AMPUTASIE-moorde en in groen die VERKOOPS-moorde.

Sy bestudeer die lys van verlate store of geboue in die areas waar die moorde gepleeg is. Sy merk elke stoor met 'n klein geel plakker. Die area waar die liggame gevind was wat sy op haar radar het, is in 'n radius van 30 km. Daar is omtrent oor die sewentig verlate store of geboue.

"Waar de hel begin mens?" vra sy hardop vir haarself.

"Eeny-meeny-miny-moe," antwoord Arno agter haar. Hy stap nader en bestudeer die kaart saam met haar.

"Het jy nie werk van jou eie nie?" vra sy. "Of is hierdie sake nou vir jou so interessant, noudat ons meer konneksies kan maak?"

"Ek het bietjie tyd op hande. Noudat die baas verhuis het en ek 'n bevordering en nuwe titel het, kan ek ander aansê om die werk te doen," spog hy.

"Well done." Sy gee hom 'n klop op die skouer. "Watse titel nogal?"

"Wel, Chad het aangebied dat ek een van die vennote van die organisasie word, aangesien my rekord so spoggerig is en ek een van die beste in die beroep is."

"Goeie werk! Meneer Arno Bester, vennoot en speurder," spot sy met hom.

Beide van hulle draai na die bord en bekyk dit weer. Clara plak nog 'n laaste plakker en staan terug om beter perspektief van die bord te kry. Beide van hulle soek 'n patroon.

"Dink jy dis so eenvoudig om 'n patroon te skep of vir een te soek in 'n trippel-reeksmoord soos dié?" vra sy.

"Om 'n patroon te skep moet jy alles goed deurdink. Alhoewel, dis goed deurdenkende moorde, so ja dit is baie moontlik," antwoord hy haar vraag.

"Ek hou van hoe jy dit gestel het, die trippel-moorde," las hy by.

"Miskien moet ons uiteindelik 'n naam vir die jafel gee, die 'TRIP-moordenaar,'" sê sy.

"Jafel sê jy?" lag hy. "TRIP-moordenaar klink goed." Hy knik sy kop. "Nou toe, speurder Van Wyk, watter geboue gaan besoek ons eerste?" vra hy spottend.

"Enige verdere leidrade oor die mans wat 'n humeur probleem het?" vra hy op pad na een van die verlate skure toe.

"Ja, dit wil voorkom dat meeste van die slagoffers humeur probleme gehad het, van hulle was selfs al aangekla van huishoudelike geweld."

"Ahh, nog iets wat ons dan by die profiel van die slagoffer kan las. En natuurlik verfyn dit ons soektog na die moordenaar. Het jy al in die stelsel gaan kyk na klagtes van verkragting of huishoudelike geweld?"

"Ja, maar daar is duisende sake. En waar begin ons? Hierdie kon enige tyd in haar lewe gebeur het. Die profiel stel in elk geval voor dat sy sake in haar eie hande neem en self geregtigheid soek, in plaas van om op die stelsel te steun vir hulp," verduidelik sy.

"En die oppassers? Hoe lyk die verwantskappe tot molestering?"

"Geen gevalle wat die families kon optel nie."

"Dit wil vir my voorkom of die slagoffers werklik impulsief gekies word, maar dat die moorde met uiterste presisie uitgevoer word," las hy by.

"Netso. Die een vrou was skaars 'n blok van haar werkgewer se huis af, die nuutste manlike slagoffer het in die parkeerterrein gestaan en blykbaar aggressief met sy meisie oor die telefoon gepraat," brei sy uit.

"Dit maak die moordenaar onvoorspelbaar én gevaarlik."

"Yup," sug Clara en staar by die venster uit.

8

MEI

FLEUR

By die spreekkamers is dinge stil vandag. Haar oggend operasies is klaar, al die diere is besig om goed by te kom uit die narkose, en daar is geen newe-effekte wat pla nie.

"As 'n dag op so 'n manier kan vorder is dit 'n goeie dag," sê Fleur vir die ontvangsdames.

"Dokter Fleur, daar het 'n e-pos gekom oor die jaarlikse *VetX* konferensie in Julie. Ek het dit vir jou aangestuur," sê die een.

"Fantasties. Dit is seker om ons verblyfbesprekings te doen."

"A, so dok vat bietjie 'n trip?"

"Netso. Jy sal geen afsprake vir my reël vir daardie paar dae nie, asseblief?" vra Fleur.

"Ek maak so, Dokter," antwoord sy.

Fleur stap na haar kantoor. "Hmmm," sug sy toe sy op haar stoel gaan sit. Sy gryp die stresbal op haar tafel, sit agteroor en gooi dit van die een hand na die ander.

"Julie – 'n ander provinsie. Kom ons maak die polisie lekker deurmekaar," fluister sy vir haarself.

"Dis nie asof ek dit nog nooit in 'n ander provinsie gedoen het nie, die polisie het net nog nie hard genoeg gesoek en die konneksies gemaak nie. Buitendien, dit is tog terug waar alles begin het," giggel sy. "Ons sal maar sien wat die volgende tyd vir ons oplewer," sê sy terwyl sy vir 'n oomblik haar oë toemaak en haar kop agteroor laat rus.

13 jaar gelede

Soos talle kere vantevore neem sy haar gunsteling sitplek in by haar gunsteling restaurant. Die sitplek is een lang, gestoffeerde bank wat langs die hele muur van die restaurant strek. Daar is niemand wat aan die tafels langs haar sit nie, so daar is spasie om haar handsak en baadjie langs haar op die bank neer te sit.

Sy bestel vir haar 'n drankie en bestudeer die menu, al weet sy al klaar wat sy wil bestel. Jacques, die Libanese sjef, is besig met sy voorbereiding vir die aand wat voorlê. Die kos word voor mens, in die groot pizza oond, voorberei en gebak. Die sjef geniet dit om met die kliënte te sosialiseer, wat bydra tot die gesellige atmosfeer van die restaurant.

Fleur kyk op, maak oogkontak met die sjef en glimlag. Sy vat 'n slukkie van haar drankie sodat die oomblik nie te ongemaklik raak nie. Sy is trots op haarself dat sy haarself sover gekry het om alleen uit te gaan en uit haar woonstel te kom. Die eensaamheid na die horribale verhouding wat nog rou aan haar sit, was vir haar soms net te veel.

Sy sit haar drankie neer en kyk uit oor die straat. Van die tafels is gespasieer op die sypaadjie, 'n regte Europese gevoel wat deur die dorp geskep word. Sy kyk terug en maak oogkontak met die man by die toonbank, Jacques se vriend, ook 'n Arabier, maar nie Libanees nie. Hy glimlag vir haar en lig sy glas.

"Cheers," sê hy saggies.

Sy glimlag terug en knik haar kop. Dis 'n vreeslike aantreklike man. Hy het 'n sjarme aan hom wat 'n vrou se knieë sommer sal lam maak.

CLARA

"Arno, ons het 'n leidraad gekry van vreemde aktiwiteite by een van ons verlate store." Clara luister wat Arno te sê het.

"Ja, ek weet dit is nie in ons tydlyn nie, maar miskien het iets die TRIP laat skrik en nou is die tydlyn bespoedig." Sy luister weer.

"Reg, ek stuur vir jou die adres." Sy beëindig die oproep en gee die telefoon vir die sersant langs haar. "Stuur vir Arno die adres," beveel sy.

Hulle stop 'n paar meter van die stoor af sodat hulle karre buite sig is van wie ook al daar binne besig is. Agter in die voertuig is hulle toerusting. Hulle trek hulle koeëlvaste baadjies aan, elkeen maak seker hulle vuurwapens is reg gelaai en ook dat hulle elkeen twee ekstra magasyne het. Die vier van hulle deel op in twee spanne; Clara en sersant Jansen vat die bokant van die stoor en Arno en sersant Beukes vat die onderkant van die stoor. Hulle skakel hulle radio's af sodat hulle niemand afskrik nie.

"Dit is uiters belangrik dat ons TRIP in die daad betrap. En asseblief, eerder lewendig as dood, julle en die verdagte," fluister Clara voor hulle paaie skei.

Hulle kies om deur die bosse te stap, aangesien die paadjie direk na die stoor toe lei. Tussen die bosse is hulle minder sigbaar. Jansen en Beukes is vir haar die beste wat in haar span kan wees. Beide van hulle het ook taktiese opleiding, so dit is gerieflik om saam met hulle in druksituasies te werk.

Nader aan die stoor sien sy beweging van 'n vrou wat in en uit die stoor beweeg. YES! Jubel sy binne haar. Haar hart begin nog vinniger klop, maar sy weet dit is krities om in hierdie omstandighede kalm te bly. Hulle sluip nader. Die vrou stop net voor sy in die stoor terugloop en kyk om haar, asof sy iets gehoor het. Vir 'n oomblik is alles tjoepstil, dis net hulle eie asemhaling wat hulle kan hoor. Vir Clara klink haar eie asemhaling vir haar soos iemand wat oor 'n mikrofoon wil praat. Hulle hou die vrou dop en wag tot sy terugloop in die stoor.

Soos Clara en sersant Jansen nader aan die stoor kom, hoor hulle 'n geskarrel en 'n gekreun van iemand wat iets swaars optel of skuif. Daar is weer 'n geskarrel. Sy maak oogkontak met Arno aan die onderkant van die stoor en sein vir hom hulle moet die stoor binnegaan.

"1 ... 2 ... 3 ..." tel sy saggies en storm die stoor binne.

"Vries! Hou dit net daar! Steek jou hande in die lug!" Vier verskillende stemme weergalm in die stoor, elkeen skree 'n ander bevel en rig hulle vuurwapens direk op die vrou. Hulle neem hulle posisies in dat hulle die vrou omsingel en sodoende elke moontlike uitgang blok. Clara voor haar, Arno agter haar en die twee sersante weerskante van haar.

Die vrou gooi haar hande in die lug. Sy laat val die plastiekpypie en inspuiting wat sy in haar hande gehad het. Clara sien vrees en verwardheid op haar gesig, sy kyk af na wat by die vrou se voete lê. Clara laat sak haar pistool effens en haar moed sak in haar skoene.

"'n Perd? Wat soek jy hier met 'n perd?" vra Clara.

Steeds met haar hande in die lug en haar oë vol trane antwoord sy: "Ek is uitgeroep deur die DBV om die beseerde perd te kom sedeer sodat ons haar kan behandel en terugvat na haar eienaar toe. Hulle behoort enige oomblik hier te wees," antwoord die vrou.

Die merrie, wat op haar sy lê, ruk en lig haar kop op. Sy runnik en skop weer. Die vrou kyk bekommerd na die perd, haar hande steeds in die lug. Sy kyk vraend na Clara, en wil-wil afbuk na die perd.

Clara reageer, druk haar pistool waarskuwend in die rigting van die vrou en die perd. "Help, maar ek wil jou hande ten alle tye sien," sê sy waarskuwend.

45

Die vrou gee aandag aan die perd, ondersoek die perd, druk-druk op die bors en ribbekas.

"Ek gaan die perd móét help," sê die vrou terwyl sy gebukkend bly en haar hande weer in die lug tel.

Arno bekyk die omgewing om seker te maak alles is veilig en stap om na Clara. "Jy?" sê Arno verbaas en laat sak sy vuurwapen.

"Jy?" antwoord die vrou, haar gemoed verlig.

Clara kyk heen en weer na Arno en die vrou. "Wat de hel? Ken julle mekaar?" Haar vuurwapen bly steeds op die vrou gerig.

"Ja, ons oefen by dieselfde gym," antwoord Arno. "Jy kan maar jou hande laat sak," sê hy vir die vrou. "En julle kan maar julle vuurwapens laat sak," beveel hy Clara en die sersante.

"O, en jou naam is?" vra Clara, effens jaloers.

Die vrou laat sak haar hande. "Fleur."

FLEUR

Soos Fleur huis toe ry, wil sy uitbars van die lag. Die middag se gebeure speel voor haar af. Sy weet darem nou op watter spoor die polisie is. Ook, dat hulle vandag hopelik 'n vertrouensverhouding geskep het. Hulle het haar goed ondervra oor haar besigheid by die stoor; wat sy alles daar maak, hoekom sy daar is, wie se eiendom dit is, hoe sy van die plek geweet het, ensovoorts. Terwyl sy ondervra is, het sy opgelet hoe daar nog polisiebeamptes aangekom het, rondgekyk het, snuffelhond en *UV* ligte.

Toe dinge minder ernstig was en die vuurwapens gebêre is, het sy soos 'n nuuskierige, omgee-burger opgetree en ook vrae gevra. Sommige antwoorde was nét wat sy nodig gehad het, ander was baie vaag of weggepraat.

Sy weet noudat hulle in 'n radius van 30 km werk, dat hulle na verlate store of geboue kyk. Sy weet ook dat haar werk en haar spasie veilig en uit die radar van die polisie is. Hulle is ook opsoek na bloedspatsels of enige teken van bloed, omdat een van die slagoffers uitgebloei het en natuurlik soek hulle enige vorm van DNA.

Sy is bly dat sy nooit perde kalmeermiddels gebruik het as verdowingsmiddel vir haar slagoffers nie, anders was sy vandag in gevaar, want iewers sou Clara en Arno die sommetjies kon maak. Hulle intense betrokkenheid is skrikwekkend. Sy gaan moet versigtiger wees met dié twee op die spoor van die moorde.

By haar huis begin sy haar beplanning vir haar *VetX* konferensie. Sy doen navorsing oor die omgewing, nabygeleë plekke, parke, woudagtige staproetes, ensovoorts.

Sy begin opgewonde raak oor die avontuur. Al haar benodighede is gepak, alles so, dat dit deur die lughawesekuriteit kan gaan. Sy bespreek vir haar 'n voertuig, dit moet 'n groterige voertuig wees. 'n Paneelwa sal ideaal wees, dit is wat sy hier gebruik, maar dit gaan vreemd wees as sy daarmee by die konferensie opdaag.

Op die webwerf van die motorverhuringsmaatskappy wys hulle dat al die hatchback karre klaar bespreek is, en slegs een sedan is beskikbaar. Soos sy verder soek, sien sy dat hulle wel 'n Volkswagen Caddy beskikbaar het, 'n paneelwa, maar tog nie 'n groot ongemaklike kar wat gaan aandag trek nie.

"Wel, as dit al is wat beskikbaar is, het ek nie 'n keuse nie," spot sy sarkasties terwyl sy die bespreking en betaling maak.

Sy weet dis nog meer as 'n maand, maar vir hierdie een wil sy goed voorbereid wees.

9

JUNIE

CLARA

Julie kom nader en Clara raak al hoe meer senuweeagtig. Sy ondersoek die datums van die ander gevalle wat in Julie plaasgevind het, weereens bou sy 'n geheuekaart op die muur. Sy rangskik die moorde in jaar volgorde.

"Daar is nie 'n werklike datum patroon van wanneer die moorde plaasvind nie," praat sy met haarself terwyl sy die geheuekaart teen haar TV-kamermuur bou.

"Wag 'n bietjie." Sy skarrel rond in die lêers wat op die eetkamertafel lê. "Hier kort 'n moord." Sy soek deur die lêers en pak hulle terug in datum volgorde. Tussen die papiere deur spoor sy haar selfoon op en kontak eers vir Arno.

49

"Ons kort 'n moord." Sy gee hom nie kans om eers te antwoord nie. "Vyf jaar gelede, daar is geen moord in Julie op ons radar van vyf jaar gelede nie. Dit maak nie sin nie, tensy ..." Sy bly vir 'n oomblik stil. Net lank genoeg vir Arno om ook 'n woord in te kry.

"Wag. Kalmeer, waarvan praat jy?" vra Arno

"Die VERKOOP-moorde. Ons mis 'n moord van vyf jaar gelede. Daar is moorde aangemeld en liggame gevind van die ander twee kategorieë, die VERKRAG-moorde en die AMPUTASIE-moorde, maar nie hierdie een nie," verduidelik sy stadiger.

"Hoe het ons dit gemis?"

"Ek dink ons was so gefokus op wat voor ons lê, ons het nie verder gekyk nie, en noudat ek wil voorberei wees op wat kom, sien ek die stukke wat kort."

"Dit maak sin. Oukei, wat is die plan van aksie, wat stel jy voor?" vra Arno geïnteresseerd.

Ek gaan vir die sersante vra om ander provinsies se hoofkantore te kontak en navrae te doen. Ek het ook gewonder of jy kan voelers uitsteek by jou ouens in ander provinsies. Dit kan wees dat dit net nie op ons radar verskyn het nie, daar moet 'n moord wees." Arno kan hoor Clara raak angstig.

"Oukei, ek maak so. Bly net kalm. Moet nie dat dit jou nou te omverwerp nie. Bly gefokus op die hede en die take wat ons nou moet verrig," probeer hy haar paai.

"Ek probeer, ek dink net, as die moorde voorheen in 'n ander provinsie was, wat as hierdie een ook is, en ons niks daaraan kan doen nie," regverdig sy haar angstigheid.

"Ek dink in elk geval jy sal nie die moord kan stop nie, al is dit in ons area. Dit is soos om 'n naald in 'n hooimied te soek. Al wat ons kan doen is om die leidrade en die bewyse te volg. Bly oopkop," troos hy haar weer.

"Dis reg, dankie. Praat weer môre."

"Nag," groet hy.

Sy val agteroor op die bank in haar TV-kamer. Sy wil net haar oë vir 'n rukkie laat rus, dink sy.

FLEUR

30 jaar gelede.

Die kinders hardloop in die huis rond. Daar is 'n gegil en gelag van kinderstemmetjies in die gang van die huis.

"Kom Fleur, ons moet bad," roep Emma terwyl sy in die badkamer skarrel en badwater intap.

Fleur kom verby gehardloop en loer by die badkamer in. "Wanneer kom Pappa en Mamma terug?" vra vyfjarige Fleur.

"Eers later vanaand. Kom dat ek jou uittrek." Emma trek haar nader.

"Maar ons wil nog speel. Ek soek vir mamma," sê Fleur terwyl sy haar lyfie stram hou en dit moeilik maak vir Emma om haar klere uit te trek.

"Mamma-hulle kom eers later. Dis nou badtyd," sê Emma weer.

"Maar hoekom moet net ek kom bad?" probeer Fleur weer haarself uit badtyd kry.

"Die ander twee is klaar gebad. Hulle is dan al in hulle pajamas," verduidelik Emma.

Eers word haar skoene uitgetrek, dan haar kouse. Haar boetie en haar sussie hardloop verby die badkamer.

"Fleur, maak vinnig dat ons kan speel!" skree haar boetie in die verbygaan.

Fleur bly stil en kyk net vir hulle hoe hulle sonder haar speel. Emma trek haar hempie uit en begin aan haar lyfie vat. Sy vryf haar sye van haar kieliebak tot by haar heupies. Toe oor na haar nippels, sy knyp hulle liggies tussen haar vingers en dan vryf sy met haar wysvinger heen en weer oor hulle.

"Lekker nippeltjie," sê Emma.

Fleur staar haar net aan. Emma herhaal "Lekker nippeltjies" in 'n spelerige stemtoon. Fleur giggel en draai haar lyfie weg van Emma af. Emma draai haar lyfie terug vorentoe en trek haar broekie uit, daarna haar pantie.

Fleur staan kaal op die badkamermatjie en wag vir Emma om haar in die bad in te help.

"Wat is hierdie?" vra Emma in 'n spelerige stemtoon en kielie met haar vingers oor Fleur se vagina.

Al is Fleur net vyf jaar oud, is daar 'n alarm in die klein lyfie wat afgaan dat hierdie nie die regte optrede is nie. Fleur staan net en kyk Emma aan. Weer word sy gekielie, dit voel vreemd, 'n gevoel wat sy nog nie gevoel het nie. Emma se vinger kielie oor haar klitoris. Fleur giggel, knyp haar bene teenmekaar en draai haar heupies weg.

"Nee, Emma, moenie," sê sy en stoot Emma se hand weg.

Emma lag saam en tel haar in die bad in ...

10

JULIE

FLEUR

As die vliegtuig so vol is, sidder sy om te dink hoe vol die hotel gaan wees. Sy verkies die paadjiesitplek naby 'n nooduitgang, en dit is presies wat sy gekry het. Alhoewel sy al iewers gelees het, of 'n dokumentêr gekyk het, dat die sitplekke agter die vlerk die meeste skud tydens turbulensie, is sy heel gemaklik in haar sitplek.

Sy bekyk die mense in die vliegtuig. Meeste van hulle is herkenbaar van vorige konferensies wat hulle saam bygewoon het. As sy moes skat, sou sy sê dat 60% van die passasiers veeartse is, op pad konferensie toe. Hier en daar kom sy agter dat hulle sommer saam reis, om kostes te bespaar.

Sy het geen behoefte om vriendskappe of vennootskappe met enige iemand aan te knoop nie. Sy het een vennoot, wat die ooreenkoms goed verstaan dat sy 'n alleenmens is, en dit graag in haar professionele hoedanigheid ook so wil hou.

Van die laaste mense wat by die vliegtuig instap, is Farhad Alfridi, 'n mede-veearts. Hy stap verby haar en sy sak stamp aan haar skouer. Sy kyk op, hy reageer deur dadelik om verskoning te vra.

"Ekskuus," sê hy as 'n reaksie.

"Dis oukei." sê sy. Sy kan sien hy herken haar ook. Hy glimlag en stap na sy sitplek.

Sy glimlag, haar hart klop sommer vinniger en sy laat sak haar kop om haar gesigsuitdrukking weg te steek. Hierdie sal voorkom asof sy van hom hou. Miskien het sy hom wel in die oog, maar nie vir die redes van romanse nie.

Nadat hulle geland het, kry sy rigting om haar tasse te gaan haal. Dis 'n gestamp, gestoot en ekskuus vra om tussen die mense deur te druk om by die bagasieband uit te kom.

"Volgende keer moet ek onthou om alles in my handbagasie in te prop," fluister sy vir haarself terwyl sy geïrriteerd wegstap.

By die motorverhuringsmaatskappy is die tou nog nie te lank nie. Daar is 'n paartjie voor haar wat vergeet het om 'n motor te bespreek. Hulle moet eers deur die lys van moontlike beskikbare opsies werk.

"U kan maar deurkom, Mevrou," sê die agent, en wys vir die paartjie om eenkant toe te skuif totdat hulle hul besluit gemaak het. Fleur oorhandig haar ID en haar besprekingsdokumente.

"Mevrou, ons het ongelukkig 'n probleem," sê die agent.

"En dit is?" vra Fleur sonder om haar irritasie op die agent uit te haal. Hy is inteendeel net die boodskapper.

"Die voertuig wat u bespreek het, is ongelukkig nie beskikbaar nie. Dit was in 'n ongeluk ..."

"Maar julle kan tog nie net een Caddy op julle vloer beskikbaar hê nie," val sy hom in die rede.

"Dit is waar, Mevrou. Maar die ander is gister al bespreek of nog nie teruggebring nie," verduidelik hy verder.

"Oukei, so wat nou?"

"Die enigste voertuig wat ek vir mevrou beskikbaar het is dié een." Hy wys na 'n prent van die Suzuki.

"En wat gaan ek ekstra moet inbetaal vir hierdie?" vra sy ongeskik.

"Niks nie, Mevrou. Omdat dit omstandighede buite ons beheer is, is die maatskappy bereid om u tegemoet te kom en die voertuig aan mevrou te gee teen u bespreekte prys," verduidelik die agent vriendelik.

"Oukei ..."

"Die voertuig is nuut en die GPS tracker is nog nie geïnstalleer nie. Maar verder is al die papierwerk en die goedkeurings vir die kar reg," val hy haar in die rede om haar gerus te stel.

"GPS tracker?" vra sy.

"Ja, Mevrou, al ons voertuie moet toegerus wees met GPS tackers. Dit is nuwe wetgewing."

"So hoe gaan julle dan hierdie verduidelik as ek 'n kar huur sonder 'n tracker?" vra sy nuuskierig.

"Die wetgewing word eers van die middel van die maand af geïmplementeer. Hierdie kar is darem nie die enigste een wat nog nie die tracker in het nie. Buitendien, dis net om misdadigers skrik te maak en vas te trek. So u is gemaklik met die vervanging van u bespreking?"

Sy knik. Hulle handel die papierwerk af, hy vergesel haar na die voertuig en oorhandig die sleutels.

"Wat 'n wonderwerk. Hoe de moer? 'n Kar met geen GPS nie. Ek was nie eers bewus van die nuwe wetgewing nie. Ek moet meer nuus lees. Imagine ek het toe wel die Caddy gevat, met GPS, en die polisie doen so ver ondersoek? Ek sal my teiken moet verander. Farhad, jy sal hierdie keer gespaar word."

CLARA

Die eerste week van Julie is verby en Clara weet nie of sy verlig of angstig moet wees oor nog geen sake aangemeld is nie. Die vermiste saak het opgeduik in 'n buurprovinsie, maar geen addisionele leidrade kon inligting tot die saak bydra nie. Gelukkig was dit maklik om die lêer in die hande te kry sodat sy haar tydlyn kon voltooi.

Verder het hulle nog geen vordering gemaak in die opspoor van verlate skure of plekke waar die moorde kon plaasvind nie. Sy weet dat hierdie moord nie so bloederig gaan wees soos die vorige een nie. Alhoewel hierdie die tweede moord is, is dit asof dit 'n 'last resort' moord is, om iets af te rond wat in haar lewe gebeur het.

Vir die oomblik staan die ander twee sake ook stil. Sy besef tyd tel teen hulle en dat daar families is wat al twaalf jaar wag om vrede te kry oor wat met hulle geliefdes gebeur het. Sy sidder om te dink hoe enige iemand moet voel wat deur so iets moet gaan.

Baie van die families verstaan darem die feit dat die dood van hulle geliefdes deel is van reeksmoorde, maar dit verskoon nie die feit dat die departement en die stelsel twaalf jaar gevat het om leidrade bymekaar te las nie.

Clara tree terug en bekyk die geheuekaart van die moorde van ver af. Hopelik sal iets opduik as sy perspektief verander. Sy word weggevoer soos sy elke slagoffer se laaste oomblikke indink, miskien sal dit haar help om perspektief te kry oor wat vir haar voorlê, of miskien maak sy 'n deurbraak.

Sy word teruggeruk na die hede deur haar telefoon wat lui. Haar liggaam word yskoud, 'n rilling ruk deur haar lyf en sy snak na haar asem. "Speurder Van Wyk," antwoord sy.

FLEUR

Haar alibi is in plek, sy het seker gemaak die kameras in die hotel waar die konferensie is het haar opgetel waar sy sosialiseer met haar mede-konferensiegangers, ook waar sy die saal binnegaan. Vir die doeleindes om hierdie uitstappie makliker te maak, het sy die hulp van 'n blonde pruik nodig, en dus sal sy die sykant van die saal se badkamers gebruik om haar vermomming toe te pas.

"This is from the gentleman over there," sê die kelnerin en sit 'n *hookah* op haar tafel neer.

Sy kyk in die rigting waar die kelnerin wys, glimlag en knik haar knop vir die man wat ook alleen by 'n tafel sit en aan sy eie *hookah* suig.

"Should I light it for you?" vra die kelnerin.

"Yes please," aanvaar sy die aanbod.

Sy suig-suig aan die pyp totdat die geur deurkom. Voor sy haar oë uitvee, kom vra die kelnerin of die man by haar kan kom sit. Weereens aanvaar sy die aanbod.

"So voorspelbaar," fluister Fleur vir haarself soos die man nader stap.

"Hassan." Hy steek sy hand na haar toe uit.

"Clare," jok sy, want sy weet die kelnerin se ore is so groot soos satellietskottels van nuuskierigheid.

Sy steek ook haar hand uit. Hy soen haar hand en maak homself tuis op die stoel oorkant haar.

"Charming," sê sy en glimlag vir hom.

Hulle kuier om die *hookah*, gesels land en sand, natuurlik is alles 'n leuen wat uit haar mond kom. Die kelnerin hou hulle dop, seker oor daar geflankeer word tussen 'n Arabiese man en 'n Afrikaanse vrou. Fleur weet sy gaan die onderwerp van die volgende skindersessie tussen die kelnerin en haar vriendinne wees. Daarom is dit belangrik dat niks wat sy oorvertel die waarheid moet wees nie.

Hassan verskoon homself om vir hulle 'n nuwe *hookah* te gaan bestel. Dit gee haar tyd om bietjie te ontspan en haar planne in haar kop agtermekaar te kry. Sy maak seker dat die kroegman self die mengsel aanmaak, sodat sy nie vanaand 'n slagoffer sal wees nie. Dit sal 'n skande wees as sy dit twee keer in haar lewe toelaat.

Die aand gaan vinniger verby as wat sy gedink het dit sal wees. Seker oor sy dit nogal geniet het om 'n rol te speel en te flankeer, maar sy weet een van die dinge wat sy meer gaan geniet, kom nog.

Hy is tog te vriendelik om die restaurantrekening te betaal.

"Dis waar die kak begin," fluister sy vir haarself sonder om haar mond te beweeg terwyl sy vir hom glimlag.

Elke jaar die tyd, wanneer dit by haar jaarlikse rolspel kom, wonder sy hoekom sy nie eerder drama gaan studeer het nie. Sy kry dit so goed reg om 'n dronk slet te speel, dat sy eintlik 'n loopbaan daarvan kon gemaak het.

Hulle stap by die restaurant uit en sy gryp sy arm toe sy by die trappe afstap. So nou en dan gee sy 'n giggel en vat aan sy arm. Hulle stap by die groot straat af tot by 'n systraatjie.

"This way," sê sy en wys dat hulle moet regs draai.

Die eerste gedeelte van die straatjie is donker, want die eerste lamppaal wat werk is omtrent drie lamppale verder. Sy stop by haar kar, val eers 'n bietjie heen en weer voordat sy haar handsakkie wil oopmaak.

"Wait, I have to get my keys." Sy sukkel om haar handsakkie oop te maak.

"I am not sure you are able to drive home like this." Hy klink werklik besorgd.

"I don't really have a choice, how else will I get home?" Sy is steeds besig om met haar handsakkie te sukkel.

"I will take you home," bied hy aan.

Sy kry haar handsakkie oop en laat val haar sleutels.

"Oops," sê sy en probeer in haar aansit dronkenskap buk om die sleutel op te tel.

"Don't worry," sê hy en hou sy hand uit om haar te keer en buk self af.

Hy speel so reg in haar hande. Sy haal 'n lappie, geweek in Chloroform, uit 'n geseëlde sakkie, buk oor sy skouer van agteraf en druk die lappie oor sy neus en mond. Hy snak na sy asem en stort ineen.

"Julle mans is so voorspelbaar," sê sy terwyl sy hom in die kar laai.

Sy ry met die lang, donker paadjie tot by die verlate murasie. Teen die tyd wat hy begin bykom, het sy hom klaar vasgebind waar sy hom wil hê en is gereed om haar aand saam met hom te begin.

"Ahh, you are awake. You are heavy, I'll tell you." Sy hurk voor hom met 'n plastieksak. Hy staan met sy rug teen die muur met sy arms uitgestrek. Weerskante van hom is daar 'n opening wat eens 'n venster was, die ketting is om die muur tussen die opening gevat en om sy hande vasgemaak. Sy voete is ook teenmekaar vasgemaak en hy is geforseer om te staan.

"What are you doing? Where are we? What do you want?" Die vrae stroom soos water by sy mond uit.

"Ahh, all the questions. Blah, blah, blah," spot sy hom en trek die plastieksak oor sy kop.

Hy ruk van kant tot kant, so veel as die versperring van sy vasgebinde arms en bene hom toelaat. Net voor hy stil raak, verslap sy haar greep, haal die plastieksak van sy kop af en klap om teen die wang. Hy snak na sy asem. Hy hyg, hoes en wil-wil opgooi.

"Save your energy, it is going to be a long night."

Sy maak 'n sny in elk van sy palms, sodat die bloed op die grond drup. Met elke sny gee hy 'n skree van pyn.

"Why are you doing this?" vra hy uitasem.

"See, one day, long ago, one of your friends went out of their way to make my life a living hell."

"I don't know any one that would hurt you. Please, I am an innocent man. Please, I will never hurt you," smeek hy.

"That is what he also said, and then he sold me on the prostitute market in the Middle East."

"I don't know that man. You have me confused with someone else. Why are you ..." Voor hy sy laaste sin kan klaarmaak, trek sy weer die plastieksak oor sy gesig en die soeke na asem en wegkom begin van voor af.

Teen die vierde keer wat hy versmoor word is die veg vir lewe maar min, die oorgee aan sy lot is groter as die wil om aan te hou baklei. Sy bene kan hom skaars regop hou en hy hang meestal aan sy arms. Die martelproses is vir haar terapeuties en sy besef die tyd het gekom om die aand af te sluit.

Sy buk voor hom, ver genoeg dat as hy enige truuks het, hy haar nie sal tref of stamp nie.

"I am sorry that our fun has to come to an end and it was a pleasure meeting you." Sy lig sy kop op, daar is min krag in hom oor en hy kan skaars sy oë oophou. Vir 'n laaste keer trek sy die sak oor sy kop en trek dit styf. Daar is hier en daar nog 'n probeerslag of 'n ruk, maar die keer raak sy liggaam sommer vinnig stil.

Sy maak seker hy is dood, maak die ketting om sy hande los en laat lê die lyk op die grond. Sy skep van die bloed op die grond op met sy vinger, sy maak sy hemp oop en skryf op sy bors FOR SALE.

CLARA

Dis nog meer skrikwekkend as wat sy haarself voorgestel het. Soos met die ander moorde, regverdig die foto's nie die gruheid waarmee hierdie moorde gepleeg word nie. Die geklik van die forensiese kameras wat afgaan is soos white noise in die agtergrond. Haar kop is donderweer, alles verdoof om haar. Sy probeer om die gebeure om haar so goed as moontlik in te neem.

Mens kan die liggaam van Hassan Algaz van die bokant van die straat af uitmaak, soos dit bo-op sy kar uitgestal word. Die uitstalling van die liggaam is meer dramaties as die vorige moorde. Sy knopieshemp is oopgevlek en "FOR SALE" is op sy bors in bloed geskryf – Alles presies soos die vorige twaalf slagoffers.

"Is die feit dat hierdie in 'n ander provinsie gebeur het, slegs per toeval, of is daar 'n patroon?" vra sy die ander speurders wat saam met haar op die toneel is.

"Soos wat hierdie lyk, is dit net per toeval," antwoord een van hulle.

"Weereens, goed beplande moord en impulsiewe slagoffer," sê sy.

"We have something!" skree een van die speurders.

Daar is 'n blonde haar op die hemp van die slagoffer. Hierdie laat Clara se hart amper tot stilstand ruk.

"Vir twaalf jaar het TRIP nog nooit 'n fout gemaak nie, hoekom nou?" vra sy hardop vir haarself.

"Onbekende omgewing? Of iets het haar laat skrik en sy moes vinnig maak," gesels een van die speurders saam.

"Stuur daardie haar vir toetse en sit 'n ASAP daarop," beveel sy uitdruklik vir die forensiese personeel.

"Waarom FOR SALE?" vra haar kollega.

"Ons vermoed dit het iets te doen met seksdade. Dit is 'n trippel-reeksmoordenaar, al haar ander slagoffers word gestraf oor seksdade. Hierdie een moet iets te doen hê met sekshandel," verduidelik sy.

"Is al die slagoffers van hierdie moorde Moslem mans?"

"Ek sou dink 'n speurder wat aangestel is om 'n saak te assisteer, het bietjie meer insig as wat jy voorgee. Maar ja, al die slagoffers is Moslem mans." Sy raak bekommerd oor die belangstelling, of te wel, te kort aan belangstelling waarmee die saak aangepak word.

"G'n wonder dit vat meer as twaalf jaar om tot op die punt te kom om moorde en leidrade bymekaar te pas nie," mompel sy vir haarself.

"Die saak het vanoggend op my tafel beland. Tussen die oggend vergaderings en gejaag om hier uit te kom, het ek nog nie daarby uitgekom om 'n twaalf-jaar-saak ordentlik op te lees en te memoriseer nie," hap hy terug. "Daar was 'n paar jaar gelede 'n groot Arabiese mensehandelsindikaat vasgetrek en ontbloot. Hulle was operasioneel regoor die provinsie, maar het spesifiek gefokus op jong vroulike studente. Miskien is dit iets om na te kyk en dieper te delf," las hy by. Hy draai om en stap weg.

Clara voel of die aarde haar kan insluk. Plaas het sy soms daardie verdomde wag voor haar mond.

11

AUGUSTUS

FLEUR

13 jaar gelede

"I chose you. Out of all the girls I could have chosen, it is you that I have chosen."

Sy woorde klink so romanties, veral na 'n verhouding van drie jaar waar verkragting en aanranding die norm was. Haar grootste soeke is om net te behoort en om deur 'n man as belangrik geag te word.

Vandag merk die drie maande van hulle saamwees, en sy was nog nooit so gelukkig nie. Sy raak bietjie bekommerd oor die kommentaar van haar vriende en familie, maar vir nou wil sy net op hulle verhouding fokus.

Hulle parkeer haar kar in die ondergrondse parkering en stap met die trappe op. Hy het so 'n maand terug sommer self besluit om by haar in te trek. Alhoewel sy bietjie ongemaklik voel oor die feit dat hy dit net gedoen het en hulle nie regtig gepraat het daaroor nie, het hy 'n punt beet gehad toe hy vir haar gevra het: "Don't you want me here?"

Later die aand, toe sy klaar gestort het, lê hy op die bank, sy rug teen die rugleuning en sy voete op die armleuning, besig om speletjies op die skootrekenaar te speel. Sy stap verby hom en kan haarself nie keer nie, sy weet hoe kielierig is hy. Met haar wysvinger kielie sy sy voete. Onverwags tref iets haar teen haar gesig en sy strompel agteruit teen die kombuisie se toonbank vas. Sy gryp haar wang, haar brein probeer nog al die stukke bymekaarsit oor wat sopas gebeur het. Sy kyk na hom met histerie in haar oë, maar haar hele liggaam is stokstyf gevries.

"Never do that again," sê hy met die skootrekenaar in sy hand, wat hy soos 'n krieketkolf geswaai het en haar in die gesig getref het ...

"Volgende!"

Fleur stap na die teller in die kruidenierswinkel. Sy groet die vrou agter die toonbank en begin solank haar kruideniersware op die toonbank uitpak.

"Sakkie?" vra die teller.

"Ja, asseblief," sê Fleur.

Sy kyk op en sien Arno staan by die teller langsaan. Sy wil dit nie te oplettend maak nie, en hou sy lyftaal dop. Sy draai om en buk halflyf oor die trollie om van haar kruideniersware uit te tel.

"Fleur?" Sy herken sy stem sommer dadelik.

"Arno? Hi," groet sy vriendelik.

"Lekker om jou raak te loop. Laas toe ons mekaar gesien het was dit in meer … ander omstandighede."

"Ek is bly om te sien jou vuurwapen is hierdie keer darem in die holster," spot sy.

Hy gee 'n verbouereerde lag. Onwillekeurig vat hy aan sy vuurwapen aan sy sy en kyk om hom rond wie dit het gehoor het. Sy kyk ook om hulle na die mense en sien die teller se oë rek.

"Moenie bekommer nie, dit was 'n moerse misverstand," stel sy die teller gerus. Sy kyk na Arno en glimlag tergend. Hy glimlag terug.

"Ek het jou lanklaas by die gym gesien," breek hy die ongemaklike stilte tussen hulle.

"Ja, ek was weg vir werk, ons jaarlikse konferensie."

"Lyk of jy sommer self soontoe kon gevlieg het," lewer hy kommentaar oor haar vlieënierspak wat sy aanhet.

"O, dié? Ja. Helikoptervlieënier" lag sy skaam.

"Helikopter nogal?"

Verbeel sy haarself, of klink hy beïndruk?

"Ja. My ouers het op skool voorgestel dat ek 'n naskoolse aktiwiteit vat om my uit die moeilikheid te hou, toe kies ek die duurste stokperdjie waaraan ek kon dink. En c'est la vie, hier is ek vandag en pas dit toe as 'n deeltydse beroep."

"Beroep en nie net 'n stokperdjie nie? Indrukwekkend." Nou is hy werklik beïndruk.

Al geselsend betaal sy haar kruideniersware en Arno vergesel haar na haar motor. Dit is vir haar vreemd om so gemaklik in iemand anders se geselskap te wees. Dit is vir haar nog meer vreemd, eintlik bietjie ongemaklik, dat sy dan ook van die geselligheid hou.

"Baie dankie vir die hulp." Sy maak haar motor se kattebakdeur toe.

"Goed dan, mooi dag." Hy draai om en loop na sy motor. Sy kyk hom agterna, toe hy ook omkyk, ruk sy om, glimlag en klim in die motor.

CLARA

Dis die eerste keer dat Clara bietjie kan rus na die hele warboel van sake wat op haar tafel beland het. Sy wil teen haar grein in, net vanaand ontspan, miskien 'n fliek op haar skootrekenaar kyk terwyl sy snoesig in haar bed lê. Die Augustuswinde het mos 'n geneigdheid om depressie in selfs die sterkste persoonlikhede te kom wakker maak, daarom is vanaand die regte aand om die gordyne toe te trek en van alles buite te vergeet.

Terwyl sy haar skootrekenaar oppak lui haar selfoon.

"Arno."

"Kom ons gaan eet iets na werk," nooi hy haar sagmoedig.

"Ahh, ek is jammer, maar ek het 'n baie belangrike afspraak met 'n fliek en 'n pak popcorn. Jy weet wat hierdie winde aan my doen."

"Dan join ek jou, bring ek pizza of burgers?"

Soms is hy net vasbeslote om tyd saam met haar te spandeer. Seker die rede hoekom sy al jare gelede so lief vir hom geword het. Sy het al baie gewonder of hy ooit dieselfde oor haar voel en of daar ooit iets van haar liefde vir hom sal kom. Daar was al 'n paar keer wat sy dit aan hom wou openbaar, maar elke keer het iets voorgeval. Sy het dit as 'n teken van die heelal gesien dat hy eerder nie moet kennis dra daarvan nie, alhoewel sy dit soms nie kan help om jaloers te word wanneer hy iemand ontmoet nie.

"O, Pizza! Asseblief," sê sy in 'n oulike stem.

"Enige voorkeure? Wag dat ek raai. Hmm, daai *Porki-pine* van Gholfers?" Hy ken haar regtig beter as enige iemand. Sulke gedrag maak iets in haar wakker, wat sy nie seker is sy vir hom moet voel nie.

"Jy lees my gedagtes."

"Soms raak ek bekommerd oor hoe goed ons mekaar ken," spot hy.

"Sien jou nou-nou." Sy beëindig die gesprek en byt haar onderlip ingedagte terwyl sy na die foon staar. Sy vat haar skootrekenaarsak, sluit haar kantoor en stap by die polisiekantore uit.

By haar woonstel skarrel sy om haar TV-kamer leefbaar te kry. Met al haar geheuekaarte wat oral geplak is, is dit makliker om die TV-kamer te herorganiseer as om die TV na 'n ander plek te skuif. Hulle wil nie na die moorde kyk terwyl hulle op 'n fliek wil fokus nie.

Die voordeurklokkie lui, sy skuif die laaste meubelstuk reg en trippel om die hek te gaan oopmaak.

"You've redecorated?" spot Arno met die intreeslag.

"Wel, die plan was dat ek alleen in die bed lê. En dit sou nie aangenaam gewees het as ons heeltyd teen die moordtonele moes vaskyk terwyl ons probeer ontspan en afskakel nie."

"Goeie punt."

Hy sit die pizzabokse op die tafel neer en haal vir hulle elkeen 'n bottel bier uit die yskas.

"So, wat kyk ons?" vra hy en vat 'n sluk van sy bier.

"Daar is hierdie nuwe aksie-komedie wat ek seker 'n maand terug op afgekom het en die kommentare daarop begin volg het." Sy gee die borde vir hom aan, vat haar bier van die toonbank af en hulle stap TV-kamer toe.

Daar is net 'n paar pizza stukke oor van die twee bokse wat Arno gebring het. Clara lê uitgestrek op die bank met haar kop op Arno se skouer. Vir 'n oomblik wonder sy hoe sy in hierdie posisie beland het. Die gemaklikheid waarmee hulle alledaagse dinge kan doen, maak dit nie altyd maklik vir haar hart nie, of wel, sy moet eerder nie te hard daaroor dink nie.

Die fliek is klaar. Sy draai haar rug agteroor en strek, haar kop gly van sy skouer af tot op sy skoot, maar sy hou aan strek. Hy kan homself nie keer nie en kielie haar in haar ribbes en onder haar arms.

"O! Nee, Arno!" Sy lag uit haar maag uit. "Ek is flippen kielierig."

"Ek weet," lag hy saam, maar hou nie op nie.

Hy kry dit reg om tussendeur haar gestamp en gestoot haar hande weg te hou en heen en weer te kielie. Dan onder haar arms, dan haar ribbes. Sy greep is ferm, maar tog maak sy vingers haar nie seer nie. Sy skaterlag, haar hele liggaam reageer, sy probeer tot met haar bene om hom weg te stoot. Sy kry dit reg om uit sy greep te ontsnap en gly van die bank af.

Sy is op haar knieë, haar hare wild gespeel en albei is lekker uitasem. Sy gryp 'n kussing en slaan hom oor die kop.

"O nè. Jy het nie einde nie." Hy probeer die kussing by haar gryp.

Sy spring op en hardloop 'n paar treë weg.

"Roomys?" vra sy terwyl sy haar hare in 'n mate probeer regtrek.

"Definitief."

Sy stap kombuis toe. Hy hou haar dop. Sy hele liggaam reageer op wat nou net gebeur het. Soos sy wegstap beleef hy die ware betekenis van die Engelse uitdrukking *Butterflies in your stomach*. Hy is te dankbaar hy kan die kussing op sy skoot hou en hoef nie op te staan om haar te gaan help nie, alhoewel dit nie die eerste keer is wat sy liggaam so op haar reageer nie.

Die eerste keer was in Graad 11, toe hulle mekaar by 'n atletiekbyeenkoms raakgeloop het. Sy het by die snoepie gestaan, haar giggel en lang poniestert was die eerste ding wat sy aandag getrek het. Dit was die eerste keer wat hy haar raakgesien het as 'n aantreklike meisie en nie net as *the girl next door* nie. Vandaar af kon hy haar nie uit sy gedagtes kry nie. Toe is hulle saam by die polisiekollege, waar sy gevoelens nog sterker geword het. Van toe af is hulle albei se werk belangrik en daar is min plek vir 'n verhouding.

"Hallo? Earth to Arno?"

Hy skrik terug in die realiteit in.

"In watter droomwêreld was jy nou?"

"'n Lekker een," spot hy terug.

"Wel, ek het gevra, soek jy kondensmelk oor jou roomys?"

"Kondensmelk? Is roomys nie klaar soet genoeg nie?"

"Trust me, you are going to love this!" sê sy terwyl sy die kondensmelk oor sy roomys ook gooi. Sy lek die blikkie af en bring die bakkies met die roomys en val langs hom op die bank neer.

"Het jou ma jou nooit geleer mens val nie op 'n bank neer nie?" vra hy spottend en vat die bakkie roomys by haar.

"Ja, sy't ook gesê dat ek eendag op my eie bank kan rondval. Ek is 'n gehoorsame dogter," spot sy saam.

Die kondensmelk trek in 'n string toe sy 'n skeppie vat. Sy lig haar lepel hoog op, druk haar mond onder die string kondensmelk in en vat die happie roomys op die lepel. Daar beland roomys en kondensmelk op haar ken. Sy lag en sit haar hand onder haar ken dat dit nie op haar klere mors nie. Arno kyk haar verspot aan terwyl hyself aan die roomys en kondensmelkmengsel smul.

"Oeps," sê sy terwyl sy haar ken probeer skoonvee met haar vinger.

"Wil jy ook bietjie kondensmelk op jou hê?" vra sy en bring haar vinger nader aan sy gesig. Hy sit net-net sy bakkie en lepel betyds neer om haar hand te gryp.

"Jy is lekker stuitig vandag, nè." Hy hou haar hand in die lug vas sodat sy nie haar vinger aan sy gesig kan afsmeer nie. "Jy gaan jou roomys mors," sê hy vir haar toe hy sien hoe haar bakkie kantel.

Sy sit haar bakkie op die tafel voor die bank neer.

"Ek gaan jou hand stadig laat sak, moet nie iets onverantwoordelik probeer nie," waarsku hy haar spelerig.

"Soos dit?" vra sy en val hom weer aan.

Hy gryp haar aan die pols en lig homself van die bank af op. Hy stoot haar agtertoe, gryp haar om die lyf met sy ander hand en laat sak haar saggies totdat sy op haar rug lê. Sy hand is sag om haar pols en hy stut homself teen die bank se armleuning sonder om haar arm seer te maak. Met sy ander hand druk hy haar lyf teen hom vas terwyl hy diep in haar oë staar.

Sy voel hoe haar hart vinniger begin klop. Haar liggaam trek styf van opwinding, daar's 'n kriewel in haar lieste wat sy lanklaas gevoel het. Hy soen haar, diep en passievol. Haar hele liggaam ontvang hom, haar arm gryp om sy nek en sy soen hom passievol terug.

Daar word 'n passie, 'n lus, 'n liefde binne albei van hulle wakkergemaak wat hulle jare gelede al vir mekaar wou openbaar.

12

SEPTEMBER

FLEUR

"Oscar Lima Romeo, this is Charlie Victor Siera 3 1 5, we are en route, see you in two."

Sy geniet haar helikopter dae, dae waar sy bo in die lug soos 'n balletjie aan 'n toutjie kan rondhang en bietjie uit die stad kom. Vandag se uitstappie is soos vele ander, waar hulle renosterhorings oes. Haar *two in one skills* is deesdae hoog in aanvraag by wildplase en dus is haar skedule hierdie week vol bespreek met helikopterritte vir Oasis Leisure Resort eerder as om na troeteldiere om te sien.

"As ek miskien ook kon skiet sou ek 'n *triple threat* gewees het. In meer as een manier," lag sy terwyl sy vir haarself fluister: "Dan kon ek my teikens sommer van 'n afstand af uit my helikopter skiet, maar waar is die pret en satisfaksie van die gesprekkies en die smeek vir hulle lewe?" dink sy hardop en skud haar kop.

Sy het vir 'n oomblik vergeet daar is iemand anders saam met haar in die helikopter, en die man kyk haar vreemd aan.

"Intelligente geselskap," sê sy oor die gehoortoestelle en gee 'n skaam laggie.

Sy is baie keer dankbaar mense het nie altyd die sesde sintuig soos diere om gevaar aan te voel nie, anders sou sy baie fikser moes wees om hulle nog eers te moes gejaag het, soos met die renosters.

Dis soms moeilik om tussendeur die bome die beweging van so 'n reuse dier raak te sien, maar sy weet darem al waarvoor om te kyk.

"Target in sight," sê die skut.

"Keeping altitude and speed." Sy volg die renosters deur die venters in die vloer.

Die geweerskoot gaan af.

"Target hit," bevestig die skut dat die verdowingspyltjie suksesvol getref het.

Sy bring die helikopter laer en lei die renoster na 'n oop stuk veld waar die wildbewaarders makliker toegang tot hom sal hê. Die bakkies kom nader en Fleur sien alles is veilig.

"Sleep tight big guy." Sy draai die helikopter om, terug basis toe.

"Dis mos die lewe." Sy stap op die stoep van haar huisie uit. Die toneel voor haar is soos een uit *The Lion King*; doringbome, wilde diere, sonbesies en die mooiste sonsondergang. Sy haal diep asem om elke oomblik in te neem. Hierdie week is presies wat sy nodig het om reg te maak vir die volgende maand.

CLARA

Dis al 'n paar weke na haar aand saam met Arno, maar sy kan steeds nie die vlinders afskud nie. Alhoewel sy graag langer wil sit en dagdroom en muisneste hê, is daar dringende sake wat aandag verg.

Daar was 'n paar groot gebeurtenisse in die omliggende omgewing, die week dat die twaalfde *VERKOOPS*-moord gepleeg is. Daar was onder andere 'n reuse interprovinsiale skoolsportbyeenkoms, en 'n konferensie vir verpleegsters, 'n filmfees, nasionale perdrybyeenkoms en 'n veeartskonferensie. Een van die konferensies is gehou twee blokke van die restaurant waar die man laas gesien was. Die stadion waar die skolebyeenkoms gehou is, is met die pad op en die filmfees is gehou by die Drama-saal oorkant die pad. Die res van die gebeurtenisse is of aan die ander kant van die dorp, of het al klaar gemaak teen die aand van die moord.

"Dis nie te sê dit kan al heeltemal uitgeskakel word nie, maar ons moet ook ingedagte hou dat die res van die reeksmoorde in ons provinsie gebeur het. En ons volg ons duidelikste leidrade," praat Clara met haarself terwyl sy in haar kantoor sit en deur die lêers werk.

Sy kyk weer deur die CCTV beeldmateriaal van die hotel waar die *VetX* konferensie gehou is. Oor die vyfduisend veeartse het dit hierdie jaar bygewoon.

"Wag, gaan gou terug." Sersant James wys op die rekenaarskerm. "Is dit nie die veearts wat ons raakgeloop het met die perd in die skuur nie?"

"Wragtig, dit is, wat is haar naam nou weer? Fleur." Clara skarrel rond in die lêer en haal 'n skets uit.

"Wat is dit?"

"'n Skets van ons sketch artist, van die beskrywing wat die kelnerin van daardie aand gegee het." Sy lig die skets op. "Wat dink jy, is dit sy?"

"Sjoe, as mens jou verbeelding gebruik, seker. Die neus is te groot en die oë te ver uitmekaar. Ook, was die vrou nie blond nie?" antwoord sersant James.

"Ja, maar die laboratorium se verslae sê die blonde haar wat op die slagoffer se hemp gekry is, is sinteties."

"Bedoelende? 'n Pruik?"

"Ja, so, miskien as mens jou verbeelding gebruik, kan dit Fleur wees as sy 'n pruik gedra het. Ek sal haar inbring vir ondervraging."

"Is daar ander leidrade waarmee ek kan help?" bied James sy hulp aan.

"Daar is geen ander beeldmateriaal van die ander konferensies of gebeurtenisse nie. Buitendien, die hotel se ingangsportaal-kamera het die vrou opgetel toe sy uit die hotel stap, so dis is waarom ek eerder dink sy het iets te doen met die VetX of sy was net 'n gas by die hotel. Daar is wel een ding wat jy asseblief vir my kan opvolg. Kyk of jy iets uitgevind kan kry oor 'n mensehandelsindikaat wat in die dorp bedrywig was."

FLEUR

Alles het darem glad verloop met die renosterhorings wat hulle geoes het. Sy pak die laaste van haar klere voordat sy vertrek terug huis toe. Sy wil gou by die spreekkamer aangaan om te kyk of daar enige boodskappe of pos is wat haar aandag verg. Haar gedagtes is nog nie koud nie, toe lui haar telefoon.

"Fleur," antwoord sy

"Dokter, hier is 'n dame van die polisie wat graag wil weet wanneer dokter gaan terug wees," sê die sekretaresse senuweeagtig.

"Ek kom vandag terug, maar gee die foon vir haar dat ek self met haar kan praat." Fleur se hart klop in haar keel, maar sy het al lankal geleer hoe om koel en kalm te bly in angswekkende situasies.

"Speurder van Wyk," antwoord Clara.

"Goeiemôre, Speurder. Waarmee help ek?"

"Wanneer sal jy terug wees? Ek wil graag vir jou 'n paar vrae vra."

"Ek sal seker teen vanmiddag se kant terug wees. Mag ek vra in verband waarmee jy my wil sien?" Fleur wil nie teveel inligting deurgee nie, ook nie te astrant voorkom nie.

"Kan ek dan vra dat jy sommer so teen drie-uur by die stasie 'n draai maak, dan kan ons al die nodige inligting bespreek."

"Sekerlik. Sien jou dan." Fleur druk die foon dood.

"Oraait. Bly kalm. Hulle het seker die beeldmateriaal van die hotel gesien en weet jy was by die konferensie. Jy is altyd deeglik met jou ekskursies, jy is veilig," probeer sy haarself kalm hou terwyl sy haar tasse kar toe dra.

Sy het altyd gewonder wat sal gebeur, hoe sy sal reageer die dag wanneer sy uitgevang word. Sal sy astrant wees, terugbaklei en alles ontken – onskuldig pleit – en hopelik daarmee kan wegkom? Of, sal sy eienaarskap van haar deeglike, harde werk vat en 'n harde, lang swaar lewe in 'n gevangenis hê? Albei het sy voordele en nadele, sy sal eers moet sien watse bewyse hulle vorendag mee kom, voordat sy die besluit neem.

13 jaar gelede

Amina is 'n dierbare dame wat saam met haar by die speelgoedwinkel werk. Fleur se eintlike werksplek is die apteek, maar sy pas in waar die rooster haar nodig het.

"So, ek kry nie my kaartjie gekoop nie, elke keer val daar iets voor, of die internet is so stadig dat ek nie kan deurkom nie," sê Fleur terwyl sy die rakke help regpak. "Elke dag vra my kêrel, Ahmad, waar is my kaartjie, hy wil sy planne in plek kry, dan raak hy woedend as ek nie vir hom antwoorde het nie."

"Iets is nie pluis nie, Fleur. Dis nie hoe dinge in 'n Moslem verhouding werk nie. Moslem mans kan nie met Christen vrouens uitgaan of trou nie. Hulle word uit hulle gemeenskap gegooi en kan onterf word deur hulle ouers, veral in sulke streng ortodokse lande soos die Midde Ooste."

Amina staan op en kyk Fleur in die oë. "Miskien is daar 'n rede dat jy nie jou kaartjie kan koop nie. As ek jy was, dink ek twee keer of jy nog in hierdie verhouding moet wees en wel daardie vliegtuigkaartjie wil koop. Ek, as 'n Moslem vrou, sê vandag vir jou, jy soek vir moeilikheid."

Fleur wil binne haar skree. Sy het al hoeveel keer gebid vir antwoorde, en nou moet 'n Moslem vrou 'n Christen se gebede kom beantwoord en raad gee. Sy voel hoe angs binne haar opstoot, maar praat haarself kalm.

Die aand terug by die huis, besluit om die verhouding te beëindig. Sy wil haar kop kan skoonkry en ophou druk van alle kante af kry oor haar verhouding. As dit waar is wat Amina sê, dat iets nie pluis is met die verhouding nie en Ahmad haar in iets indwing, het haar ouers die reg om ontsteld te wees oor die verhouding, maar sy kan dit nie van hom glo nie, hy het dan belowe hy is lief vir haar. Buiten die een of twee keer se aanrandings, het hy haar nog net goed behandel.

Sy tel die telefoon op en begin tik: *Hey Babes, I need to tell you something ...*

Sy parkeer die motor naby die polisiestasie se ingang, vat haar selfoon en steek haar beursie onder die sitplek weg. Sy klim uit die kar, haal twee keer diep asem en stap die polisiestasie binne.

"Speurder van Wyk, asseblief."

"Dankie vir die wag, Fleur." Clara stap die ondervragingslokaal binne met 'n lêer in haar hand. Sy gaan sit oorkant Fleur aan die anderkant van die tafel.

"Dit was darem nie te lank nie." Fleur herinner haarself kort-kort om nie té sarkasties of stram voor te kom nie. Dit is belangrik om haar samewerking te gee, sodat hulle haar van hulle radar kan afhaal.

"Waar was jy middel-Julie?"

"Spesifieke datums?" Dis seker maar in Fleur se natuur om moedswillig te wees.

"Nee wat, net rondom die middel van die maand."

"Wel, ek was hier by my praktyk, en toe het ons die jaarlikse konferensie vir veeartsenykunde gehad, en na dit was ek weer terug by my praktyk."

"En waar was hierdie konferensie?"

"Is dit hoekom ek hier is? Ek hou die nuus dop, ek weet daar was 'n moord in dieselfde tyd as die konferensie."

"Ons het die CCTV beeldmateriaal deurgegaan en gesien jy was een van die gaste by die hotel." Clara haal 'n foto uit die lêer waar Fleur in die hotel se gange loop.

"Yes, dit is ek daai. Ons konferensie was in dieselfde hotel as waar ek tuisgegaan het."

"Vir hoe lank was jy daar?" Clara hou die foto uit, maar maak die lêer toe.

"Ek het die dag voor die konferensie daar aangekom en die middag wat die konferensie klaargemaak het, 'n vlug terug gevat."

"Waar was jy hierdie aand tussen vyf en nege?" Clara wys na die foto.

Fleur kyk na die datumstempel op die foto.

"Ek was by die konferensie. Die middagsessie het om halfses begin, dus het ek al halfvyf by die deure van die konferensiesaal ingegaan. Ek is seker die hotel het kameras wat die deure van die konferensiesaal dek as julle my die glo nie."

Fleur se antwoorde is net té glad vir iemand wat net 'n onskuldige konferensie bygewoon het.

"Was jy nie in hierdie einste dorp op universiteit nie?"

Clara gooi vir Fleur onderstebo met hierdie vraag. Dit beteken hulle moes in my verlede gaan delf het, dink sy.

"Ja, ek was, maar wat het dit met die konferensie uit te waai?"

"So jy ken die dorp redelik goed, of het wel 'n goeie geheue oor die uitleg van die dorp?" Clara ignoreer Fleur se vraag.

Fleur werk hard om kalm te bly en om die vrae so eerlik en behulpsaam as moontlik te beantwoord. Sy is glad nie lus dat daar enige verdere ondersoek in haar verlede moet wees nie.

"Ek sou so sê, ja, ek het 'n goeie studentelewe gehad."

"In die dae van julle studentekuiers, was daar ooit enige stories of waarskuwings, miskien selfs 'n eie ervaring, van 'n moontlike mensehandelsindikaat wat in die omtrek skuil?"

FOK! dink sy. Hier gaan ek moet jok.

"Nie waarvan ek gehoor het nie. Ek was maar baie eenkant en het nie veel gesosialiseer of myself aan stories gesteur nie."

"Hmm. So terug by die konferensie. Het jy ooit in die tyd wat jy daar was miskien hierdie vrou raakgeloop?"

Clara haal 'n foto uit die lêer en skuif dit na Fleur toe. Die vrou in die foto kan slegs uitgeken word deur haar blonde hare, langerige grys trui en denim wat sy aanhet.

"Uhm, dit is bietjie moeilik om te sê sonder dat ek haar gesig kan sien." Fleur kyk na Clara in afwagting vir nog 'n foto.

"Dit is ongelukkig al foto wat ons op hierdie stadium het."

"Wel, sy lyk soos helfte van die blonde vrouens wat in en om die hotel was in die tyd wat ek daar was. Ek kan nie presies sê dat ek haar uitrusting sal kan uitken nie, ek het nou nie regtig daar rondgeloop en na mense se kleredrag gekyk nie."

Clara kyk na haar horlosie, dan na die lêer, sy kyk op na die eenrigtingvenster agter Fleur en dan terug na die lêer. Sy het geen verdere motief of bewyse om vir Fleur langer vir ondervraging te hou nie.

"Dankie vir jou tyd. Sersant James sal saam met jou uitstap."

James maak die deur van die lokaal oop en wys vir Fleur sy kan maar saam met hom stap. Net toe hulle om die draai is, kom Arno uit die lokaal langsaan gestap.

"Wat dink jy?" Clara sit nog by die tafel en staar na die lêer.

"Haar antwoorde is te presies, maar nie verkeerd nie. Ons het niks teen haar of enige bewyse nie."

"Haar antwoorde wás té presies, nè," bevestig Clara haar sesde sintuig by hom.

"Ja, maar dit beteken niks." Hy kom sit halfpad met sy een boud op die tafel. "Ek weet wat jou sesde sintuig sê, maar gee dit net kans. Kom ons probeer uitvind van die ander vrou. Die gesigskets is in elk geval nie in ooreenstemming met haar gelaatstrekke nie."

Sersant James kom ingestap en staan by hulle.

"Wat dink jy?" vra Arno.

"Sy weet waarvan sy praat. Ek wens ek is eendag so vol selfvertroue wanneer ek ondervra word in verband met 'n moord."

"James." Clara staan van haar stoel af op. "Jy en sersant Beukes moet asseblief om die beurt patrollie ry en 'n ogie hou oor Fleur, by haar huis en by haar werk. Ek soek asseblief om die beurt terugvoer oor haar doen en late. Kaptein moet dit nog afteken, maar begin sommer dadelik."

"Ons maak so." James draai om en stap deur toe.

"Baie diskreet, asseblief," sê Clara voor James by die deur uit loop.

FLEUR

"Hulle het nie veel om mee te werk nie," probeer sy haarself kalmeer. "Daar is nog baie legkaartstukke wat hulle nodig het. Hierdie was net 'n ondervraging omdat hulle my op die CCTV kameras gewaar het." Sy lê haar kop agteroor, maak haar oë toe en haal diep asem.

"Mensehandelsindikaat," fluister sy en skud haar kop.

13 jaar gelede

"Hy wil my nie uitlos nie. Dis al twee weke en ek weet nie meer wat om te doen nie," Fleur snak na haar asem soos sy huil. "Vandat ek hom afgesê het en nie die vliegtuigkaartjie kon koop nie, is hy baie aggressief. Hy sê hy het mense wat my woonstel dophou, hy sal my kry en ek gaan jammer wees." Fleur luister na die man aan die anderkant van die lyn.

"Mensehandelsindikaat? Wat de fok? Soos in *Taken*?" Sy gee nog 'n snak. Sy luister verder na die instruksies wat die man vir haar gee. "So wag, wat moet nou gebeur?" Sy sit die foon se luidspreker aan sodat sy kan neerskryf wat hy sê.

"Die man het jou klaar verkoop met die belofte dat jy sou oorgaan. Die feit dat jy nie opgedaag het nie, die verhouding verbreek het, en dat jy nie meer op pad is nie, sit hom in 'n baie gevaarlike posisie. So, as hulle jou opspoor, gaan hulle nie twee keer dink om uiterste maatreëls te gebruik om jou in Jordanië te kry nie," verduidelik die man in 'n diep, emosielose stem. Privaatspeurders werk daagliks, weekliks, maandeliks met sake soos hierdie, dus maak dit sin dat hy nie emosioneel betrokke kan raak by haar geval nie.

"So wat nou?"

"Jy gaan *off the grid* moet gaan, kontak breek met almal wat nie by jou bly nie. Die belangrikste is dat niemand ook weet waar jy is nie. Jy gaan moet wegraak vir 'n paar maande."

"'n Paar maande? Hoeveel is 'n paar maande?"

"Kom ons begin met drie maande. Ons sal die situasie dophou en kyk of hulle na drie maande sal ophou soek."

"Hoe weet ek ek is veilig? Gaan ek ooit hierna veilig wees?"

"Moet nie bekommerd wees nie, ons sal ons werk doen om jou veilig te hou, solank jy jou kant bring. Vir nou hoop ons dat hulle na die tyd van jou sal vergeet en jou hopelik uitlos."

Fleur se aandag is terug op die pad toe die kar agter haar sy toeter druk vir die verkeerslig se pyltjie. Sy skrik en trek weg. Dis vreemd hoe 'n mens se gedagtes so weggevoer kan word, dat mens amper in 'n autopilot-sone kan ingaan wanneer mens bestuur.

"Jy's oukei, Fleur. Jy's oukei." Vir die eerste keer voel dit vir haar of haar wêreld bietjie chaos word.

13

OKTOBER

CLARA

Daar is 'n onrustigheid in haar hart, verlede jaar dié tyd, het daar nog 'n liggaam opgeduik – die VYF-moord.

"Ons beter hierdie gestop kry voor ons weer met 'n liggaam sit," sê kaptein Rentia. "Die sake vat nou heeltemal te lank en ons kan nie nog verskonings uitdink om te gee nie. Ons het 'n gemeenskap na wie ons moet omsien en dertien jaar se hangende sake is heeltemal te veel."

"Danksy Clara het ons besef dat dit een persoon is, Kaptein. As dit nie vir haar was nie, was hierdie alles maar net onopgeloste moorde wat in elk geval iewers in die sisteem sou wegraak," laat sersant James van hom hoor.

Rentia weet dit is 'n klein stekie na haar kant toe omdat sy nie die verbindings of die saak aan Clara wou oorgee nie.

"Clara, ek soek vordering teen die einde van die dag." Rentia vat haar dagboek en verdaag die vergadering.

Met die intrapslag in Clara se kantoor, *pieng* haar skootrekenaar. Dit is 'n kennisgewing van 'n e-pos wat deurgekom het. Sy het twee weke terug navraag gedoen by 'n ander privaat maatskappy wat spesialiseer in mensehandel sake, oor 'n moontlikheid van sake in die dorp van die moord, ook in die tyd wat die eerste moorde begin het.

Geagte Speurder.

Ons het in ons argiewe gaan kyk, daar was menigte sake oor mensehandel in die tydstip waarna julle kyk, maar miskien sal hierdie saak jou interesseer:

Opsomming:

'n Student, uit dieselfde dorp as jou navraag, het twaalf jaar gelede met 'n Arabiese man betrokke geraak. Hy het haar verkoop as 'n prostituut in die Midde Ooste. Ons kon haar betyds uit die situasie kry, maar die wegraak het haar hard getref. Dit was sielkundig erg traumaties vir haar en haar familie.

Sien asseblief saak lêer aangeheg.

Groete

Diederick Els

Privaatspeurder en Sake-ontleder.

Sy maak die aanhegsels oop, stuur die dokumente na die drukker en begin daardeur werk.

Die saak ter sprake gee goeie leiding dat die jong student iemand is wie hulle kan ondersoek.

Sy stuur die e-pos aan na sersante James en Beukes sodat hulle ook daarna kan kyk. Hoe meer oë sy het om iets op te let, hoe beter. Sy las by dat hulle die jong student, Marietjie Goosen, moet opspoor asook enige inligting oor haar. Arno is in die e-pos bygelas, so dit is nie nodig dat sy dit aan hom stuur nie.

Haar sesde sintuig se radar brand rooi.

"Ons het haar, dit moet sy wees! Daar moet iets hiervan kom. Daar moet 'n konneksie wees tussen hierdie Marietjie vrou en Fleur."

Haar rekenaar *pieng* weer en daar is 'n e-pos van sersant James.

E-pos ontvang. Sal daardeur werk en inligting van Marietjie Goosen so gou moontlik deurstuur.

Update oor Fleur:

Geen snaakse of buitengewone aktiwiteite nie. Sy tree ook nie op asof sy al iets agtergekom het nie. Sy gaan aan met haar alledaagse aktiwiteite soos normaal.

James.

James is vinniger om deur die stelsel te werk as sy, so hy gaan vinniger inligting bymekaar kan maak. Intussen sal sy vanaand ook bietjie op sosiale media gaan rondsoek en kyk waarop sy afkom. Sy wil ook teruggaan na die moordtonele van die VYF-moord, om te kyk of daar iets is wat hulle gemis het. Sy sidder om te dink dat daar nog 'n slagoffer hierdie maand moet wees.

FLEUR

Dis weer bietjie tyd dat sy haar kop skoonkry, en die een plek waar sy dit die beste kan verrig is in die gym. Sy gaan staan op die treadmill, sit haar koordlose oorfone op en stel die spoed waarmee sy wil begin. Twee minute in haar opwarming stel sy die spoed op dat sy begin draf, haar gedagtes raak weggevoer.

30 jaar gelede

Dis weer slapenstyd en Fleur is in die bed. Haar ma gee haar 'n soen en maak haar kamerdeur effens toe. Die gang se lig skyn skraps in haar kamer in, net genoeg dat sy nie in totale donkerte aan die slaap hoef te raak nie.

Sy is deesdae baie skrikkerig om alleen in haar kamer te wees, selfs om badkamer toe te gaan wat net oorkant die gang is. Fleur het nog altyd 'n goeie verbeelding, sy glo dat haar speelgoed lewendig is, soos daai een Disney film wat sy al gekyk het.

Sy maak haar ogies toe en begin vir haar 'n speletjie in haar kop uitwerk, sodat haar gedagtes afgetrek kan word van haar vrees van alleenwees.

Sy voel die lig op haar gesiggie skyn, maar sy is te moeg om haar ogies oop te maak.

"Ai, my kind, is jou broekie weer af. Wat maak jy, hoekom doen jy dit?" Sy hoor haar ma se stem en voel haar ma se aanraking om haar pantie en haar slaapbroekie weer aan te trek, maar haar lyfie is slap.

Haar ma raak aan haar skouer en probeer haar wakker maak.

"Marietjie! Marietjie?" 'n Manstem kom te hore bo die musiek in haar ore.

Haar aandag word dadelik teruggeruk na realiteit. Verbouereerd haal sy haar oorfone af en kyk om na waar die geroep vandaan kom. Vir 'n oomblik verloor sy haar konsentrasie en haar hardlooptempo word onderbreek. Die spoed van die band onder haar ruk haar voete onder haar uit. Sy val op haar heup, skiet van die treadmill af en tref die persoon wat agter haar staan.

"Oh shit. Pasop, is jy oukei?" hoor sy 'n manstem.

Sy kyk op na die hand wat uitgesteek word om haar op te help.

"Arno? Ekskuus. Ek het geen idee wat het nou gebeur nie."

Hy help haar op, sy vryf oor haar been wat skaafmerke op het. "Marietjie!"

Fleur snak na haar asem en kyk in skok na Arno, net om te sien dat hy na iemand anders roep. Arno let op dat die naam Fleur omvergooi, maar reageer nie daarop nie. Marietjie kom nadergestap.

"Is jy oukei?" vra sy.

"Ja, ek dink ek gaan net lekker blou wees." Fleur vryf oor haar heup.

Marietjie kyk na Fleur se been. "Gelukkig is dit net skaafmerke, niks ernstig nie."

Fleur hou nie van die bohaai wat gemaak word nie. Sy vat haar water en handdoek en tel haar oorfone op wat tydens die val uit haar hand geval het.

"Dankie vir die ophelp." Sy stap verby hulle na die dumbbells om verder te oefen.

Arno kyk haar agterna en probeer verwerk wat Fleur so omver kon gooi. Vir nou wil hy eintlik net lekker ontspan en van alle frustrasies ontslae raak. Hy gesels verder met Marietjie terwyl hulle deur hulle oefenroetines gaan.

CLARA

Mense verstaan nie hoe maklik dit is om iets op sosiale media van iemand op te spoor nie – waar jy op vakansie was, wie jou vriende is, wanneer julle saam by 'n kuierplek uitgehang het. Deur al die nuttelose inligting is daar seker tweehonderd Marietjie Goosens op verskeie sosiale media platforms, maar nie een pas by die Marietjie wie sy soek nie. Sy weet darem dat James inligting gekry het. Sy maak sy verslae oop en lees weer daardeur.

Die deurklokkie lui. Sy glimlag breed, los alles net so en gaan maak oop. Arno is nog natgesweet van sy gymsessie. Hy gee haar 'n soen op die wang, maar verkies om haar eerder nie 'n drukkie te gee met sy nat lyf nie.

"Lyk of dit 'n well-deserved gymsessie was."

"Jy het geen idee nie." Hy gee 'n sug van verligting en sit sy sak by die voordeur neer.

"Genade, maar dit ruik sommer hemels," sê hy terwyl hy om die toonbank na die stoof toe stap.

"Die ewe populêre Mac and Cheese," sê Clara

Arno vat die lepel langs die stoof, skep van die kaassous en blaas dit koud. Clara stap nader. Hy laat

93

haar eers proe, dan proe hy, gee haar 'n diep soen en wil-wil haar nader aan hom trek. Sy begin giggel en druk hom effens weg.

"Gaan stort jy, dan meng ek alles sodat die sous in die pasta kan dik word."

Hulle kan albei nie hulle geluk versteek nie. Sy meng die pasta, sous en spekstukkies in een bak, strooi gerasperde kaas bo-oor en maak dit toe met 'n vadoek dat die dis kan warm bly.

Nadat hy gestort het, skep sy vir hulle op en hulle kuier sommer om die kombuistoonbank.

"So, wat is nuus?" vra hy en vat 'n hap wat sy mond sommer vol prop.

"Sersant James het darem met iets waardevols teruggekom; dertien jaar gelede het ene Marietjie Goosen 'n saak van verkragting gerapporteer. Die saak is later uitgegooi omdat daar nie genoeg bewys van verkragting was nie en die regter het die verhouding bestempel as 'n konsensus verhouding."

"Dis great. Kon julle haar opspoor dat ons haar kan ondervra?"

"Dis die vreemde ding. Daarna het sy probeer selfdood pleeg. Omtrent 20 kilometer uit die dorp uit wou sy van 'n brug, wat oor die N1 loop, afspring. Sy is daarna na 'n psigiatriese hospitaal geneem."

"En wat sê hulle."

Clara maak 'n lêer op haar skootrekenaar oop en som op wat sy lees.

"Hulle argiewe wys dat sy ontslaan is twee weke nadat sy opgeneem is. Sy is deur hulle terapeute geanaliseer en op antidepressante gesit. Sy het haar ses maande opvolgbesoek gemis, en hulle kon haar nie weer opspoor nie."

"Is daar iets in die lêer dat sy enige tekens gehad het van moord of selfs weer selfdood?"

"Nee, niks. Maar hier is die ding. Ons het gedink die moorde het in Februarie begin. Sy is Oktober vrygelaat, en ons eerste slagoffer is in Oktober."

"Dan mis ons 'n moord." Arno gaan krap rond tussen die lêers.

"Dis wat ek ook dink. Ek dink sy het nie geweet wat om met haar eerste slagoffer te doen nie, en toe sy die tweede een vermoor, die AMPUTASIE-moord, toe kom die wrok en haat uit, en dit is toe sy dit wou uitstal vir die wêreld."

"So hoekom dan so lank uitmekaar uit? Oktober, dan Februarie, dan Julie."

"Want, in die verkragtingsaak wat uitgegooi is, het sy gestel dat haar kêrel haar die eerste keer in Februarie verkrag het. Die mensehandelsaak is in Julie hangend gemaak, so wat dan vir my oorbly, is dat sy, as kind, in Oktober gemolesteer is deur hulle huishulp."

"Dit maak sin, want die molestering is eerste, dan die verkragting paar jaar later en dan die mensehandel. Jy weet ons het hier 'n moerse break through." Arno se stem helder op.

"Uiteindelik maak dinge sin, die tydlyn val in plek, ons moet nou net hierdie blerrie Marietjie vrou opspoor."

"Marietjie, hoekom het ek ..." Arno praat asof hy hardop dink, Clara gee hom kans om sy gedagtegang klaar te maak.

Hy snak na sy asem.

"Wag, vandag by die gym het die vreemdste ding gebeur. Ek het nadergestap om met Marietjie – die gym-eienaar – te praat. Toe ek haar naam roep, val Fleur van die treadmill af, heeltemal verbouereerd, soos ek haar nog nooit gesien het nie."

"Fleur?" Clara is nuuskierig.

"Ja, toe ek wou kyk of sy oukei is, en ek weer vir Marietjie naderroep, toe skrik Fleur weer. Sy het dit probeer wegsteek, en ek het nie veel daarvan gedink nie, maar ..."

"Is Marietjie nie dalk Fleur se regte naam nie?"

"Dis presies wat ek dink. Het julle al op die stelsel gekyk of julle enige iets van Fleur opgespoor kry?"

"Nee, ons het nie gronde gehad om haar enigsins verder te ondersoek nie."

Arno spring op van die kroegstoel.

"Nou! Bel vir James nóú. Hy laat haar nie uit sy sig nie. Ek en jy gaan hier kyk wat ons opgespoor kry."

FLEUR

Vir die eerste keer vandat die polisie haar begin dophou het, sien sy nie 'n kar of 'n span wat haar volg nie. Dit was altyd een van twee sersante, maar vanaand is sy al 'n hele rukkie sonder hulle. Sy wonder of hulle ooit weet dat sy hulle al van dag een af opgelet het.

Met hierdie goeie nuus, is vanaand die aand. Dit is nog lig buite, die situasie by die gym het met haar kop gesmokkel en dit sal goed wees as sy op iets anders kan fokus. Die veertiende herdenking!

Sy ry verby bushaltes wat vol staan met werkers wat op pad is huis toe. In die stil strate is daar altyd iemand wat 'n rygeleentheid soek om nie die ver pad busstop toe te stap nie. Sy ry eers 'n paar draaie om seker te maak sy word nie agtervolg nie en stop vir 'n minuut of twee langs die pad om haar omgewing dop te hou. Sy let niks vreemds op nie en besluit om die ekskursie aan te durf.

Sy kies haar strate mooi, een waar die huise nie té deftig is en kameras buite hulle erwe sal hê nie. Net met haar geluk ry sy verby 'n gedeelte waar 'n reuse woonstelkompleks gebou word. Vir die volgende blok sal daar nie kameras wees nie, want aan die oorkant van die kompleks is dit veld. Sy stop langs die dame wat in 'n Afrika-motief rok en 'n helderkleurige kopdoek busstop toe stap.

"Soek jy 'n lift?" vra sy in haar vriendelikste stem.

"Ja, net daar tot by Voortrekker," sê die dame in haar beste Afrikaans.

Fleur sluit die deure oop en glimlag toe die vrou in die kar klim.

"Seatbelt," sê Fleur vriendelik. Die vrou draai om haar sitplekgordel te kry, Fleur leun oor en druk 'n lappie met Chloroform oor die vrou se neus en mond.

"Good girl." Fleur laat sak die sitplek sodat haar passasier terug lê en dit sal lyk of sy slaap. Hulle maak 'n U-draai en vat die pad na Fleur se gunsteling plek – die skuur.

Sy probeer haar oë oopmaak, maar haar ooglede voel swaar, die bietjie wat sy wel kan sien is alles onduidelik, asof sy onder water na iets kyk. Sy sien 'n figuur so 'n paar meter van haar af doenig by 'n tafel, sy sien die flits van 'n vuurhoutjie en ruik iets brand.

"Help, asseblief. Moenie, ek het niks verkeerd gedoen nie," smeek sy en probeer haarself loskry uit die ketting wat om haar polse en enkels gebind is. Fleur draai om en kom nadergestap met 'n cupcake in haar hand en 'n kersie wat brand.

"Gelukkige verjaarsdag," sê Fleur en hou die cupcake uit na die vrou. "Maak 'n wens en blaas," beveel Fleur.

Die vrou bars uit in trane. "Ek wil nie. Asseblief, los my uit." smeek sy.

"Ag, kom nou, jou kersie gaan uitbrand. Dis die veertiende jaar wat ek kan terugvat wat myne was. Moet nou nie 'n suurgat wees en my oomblik bederf nie. Maak 'n wens en blaas." Fleur se stem is nie heeltemal meer so vriendelik soos in die begin nie.

Die vrou maak haar oë toe, mompel iets, maak haar oë weer oop en blaas die kersie dood.

"Sien, was dit nou so moeilik?" Fleur haal die kersie uit, gooi dit eenkant en hou die cupcake uit na haar.

"Vat 'n happie."

Die vrou begin weer huil.

"Komaan, jy is deel van die herdenking. Vat 'n happie."

Die vrou weier nog 'n paar keer, maar op die ou end gee sy in. Sy vat 'n happie maar proe iets is nie reg nie, sy kou nog 'n keer, want haar brein kan nie die smaak vasstel nie. Sy spoeg die res van die krummels uit.

"Wat is dit, wat het jy ..." Haar tong begin sleep en sy kan nie verder praat nie. Sy val om, maar Fleur vang haar kop, sodat sy nie seerkry nie.

"Slapies maar weer, liefste Emma."

Sy draai om en stap terug tafel toe.

"Miskien moes ek eerder kriminologie gaan studeer het. Dan kon ek nou my meesters- of selfs doktorsgraad gedoen het oor hoe mense presies dieselfde reageer in vrees. Ek praat nou nie noodwendig van veg of vlug nie, maar wanneer jy gestroop is van alles en die besef kom dat jy in jou moer is."

Sy praat met haarself soos sy besig is om die gereedskap, plastieksakke, mes en toue reg te sit vir wanneer 'Emma' weer wakker word.

"Daar is jou uiterste eerste twee reaksies, een – die persoon is aggressief. Dit is gewoonlik die mans, en twee – is daar diegene wat sommer van die begin af tjank ..."

Sy draai om en wys na die vrou wat op die grond lê. "...soos jy. Wat smeek, amper pateties raak om gered te word. Ek moet sê, ek werk eintlik eerder met mense soos jy, want daai aggressiewe klomp kan my soms senuweeagtig maak. Ek bedoel, as ek nie geweet het wat ek doen nie, sou hulle al 'n paar keer kon ontsnap het, en dit is nou een ding wat ons glad nie wil hê nie." Sy maak die mes skoon, haal handskoene uit haar sak en sit dit ook op die tafel neer.

Sy het nooit regtig 'n behoefte om so in monoloog in te gaan en enigsins haar gedagtes hardop te deel nie, maar sy vat vanaand soos dit kom.

"En as ek 'n tesis daaroor kan skryf, dink ek dit sal briljant wees vir dokters en psigiaters om in die psige van 'n reeksmoordenaar se brein te delf ..."

Sy word tot stilte geruk deur 'n kraakgeluid buite die stoor.

Sy draai dadelik na die kameras en monitors om te kyk waarom niks opgetel is nie. Sy het haar stelsels in plek. Sy het sensors in 'n radius van 100 meter om die stoor, dan weer op 50 meter en op 20 meter, sy het kameras reg rondom die stoor, sy het seker gemaak daar is nie 'n blindekol vir enige iets of iemand om in weg te kruip nie.

Dit is soms net 'n bokkie of die naglewe wat in die veld en bome wei, maar selfs vir daardie beweging sou die alarms afgegaan het. Sy hou steeds die kameras dop, en daar in die verte, in kamera drie, sien sy die blinkogies en die figuur van 'n bokkie. Haar hartklop neem af en sy raak rustig. Vir veiligheid doen sy 'n sensor toets om te kyk of al haar sensors nog werk.

"Alles werk," sug sy van verligting.

Sy het volle vertroue in haar stelsel, omdat dit haar nog nooit in die steek gelaat het nie. Vir haar eie gewete gaan kyk sy dat die ander twee deure van die stoor wel gesluit is. Op pad terug na haar tafel kry sy sommer die vloedlig wat sy later gaan nodig hê. Sy plaas dit naby aan die vrou en stel die hoogte sodat dit haar verblind. Sy stap om die lig aan te sit en om die ander ligte in die stoor dowwer te maak.

Uit die hoek van haar oog sien sy 'n donker figuur in die deur staan. Die een deur wat sy nie gesluit het nie, die een deur wat haar toegang gee tot haar kar, haar enigste roete uit die stoor.

In totale kalmte draai sy na die deur, en tot haar verbasing is dit nie wie sy verwag het nie.

"Sersant James?" Sy liggaamshouding is ontspanne, nie soos een wat daar is om haar te arresteer of 'n bedreiging is nie. Hy is ook nie in sy polisie-uniform nie, so wat soek hy dan hier as hy nie aan diens is nie, en hoe het hy haar gekry – is klomp vrae wat meteens deur haar gedagtes vloei.

"Hoe de hel het jy hier uitgekom sonder om ..."

"... deur al jou sensors en kameras opgetel te word? Ek is nie onder 'n klip gebore nie. I had you figured out," val hy haar in die rede. Hy stap die stoor binne en kyk om die tafel na haar volgende slagoffer.

"Is sy al dood?"

"Nog nie." Albei kyk vir 'n oomblik na die vrou wat bewusteloos op die koue sement lê.

"Wat soek jy hier, James? Is jy hier om my te arresteer of om my te help? Want ek weet nie of ek van een van die opsies hou nie." Haar instink op gevaar is definitief veg, en sy sal veg tot die einde, maar tronk toe, is die laaste plek waarheen sy sal gaan.

"Toe speurder Van Wyk my op jou spoor gesit het, het ek dadelik gaan oplees oor die ene Fleur deLyst. Goeie naam wat jy vir jouself gekies het toe jy as Marietjie Goosen wou verdwyn."

Fleur se hart klop vinniger as 'n resiesperd s'n, haar oë rek en sy kan voel hoe haar mond opdroog, iets wat jare laas met haar gebeur het.

"Die driepunt, Iris-vorm embleem. Amper soos die drie rigting moorde wat jy pleeg. Sê my, was dit so deurdink of net per toeval."

"Jy onderskat my, Sersant. Dink jy nie alles wat ek doen is deurdink nie?"

"Alles behalwe my teenwoordigheid hier vanaand," byt hy terug.

"So hoekom is jy hier, in sivvies, en waar is jou span, speurder Van Wyk?" Sy begin frustrasie in haarself opbou.

"So, toe ek die assosiasies maak tussen jou en die ene Marietjie Goosen wat van die aardbol af verdwyn het, het ek bietjie dieper gaan delf. Sien, jou ouers het hierdie stukkie land by jou oupa geërf, en toe het hulle hier 'n vakansiehuis en plasie opgerig sodat jy jou veeartsenykundepraktyk eendag hier kon begin. Maar met die afsterwe van jou ouers en die nuwe stokperdjies wat jy begin het, was hierdie die perfekte wegkruipplek vir die ene Fleur deLyst."

Dit is vir Fleur oplettend dat hy nie aggressief of aanvallend voorkom nie, sy sien hy het sy pistool aan sy sy en sy polisiekenteken aan sy belt, seker om as outoriteit te gebruik as dinge skeefloop.

"Dus het ek bietjie navrae gedoen oor enige herstelwerk of sekuriteit-opknappings in die omgewing, en *ta-da!* Kom ek af op 'n moerse sekuriteit-opknappings-projek op hierdie stukkie land. Ek moet sê, dit was nogal 'n uitdaging om al die sensors en kameras te ontduik, dankie tog vir die bokkie wat jou aandag afgetrek het, of ons het mekaar al vroeër ontmoet."

"Ek vra weer, Sersant, as jy al hierdie dinge weet, waarom is net jý hier." Sy probeer so kalm en stadig as moontlik nader aan die tafel beweeg, maar soos sy beweeg, beweeg hy ook. Sy afstand van die tafel, waarop die mes en ander gereedskap lê, is nader aan hom as aan haar.

Sy wil nie noodwendig 'n wapen hê om aan te val nie, maar indien die situasie skeefdraai, wil sy darem 'n kans staan teen die 9 mm aan sy heup.

"Sien, wat my heeltemal gevang het met die hele verhaal, is dat die regstelsel jou menige male te nagekom het, en dat jou lewe soveel anders kon uitgedraai het."

"So kry jy my nou jammer? Die laaste ding wat ek wil hê is om bejammer te word, of om as pateties gesien te word." Frustrasie begin al hoe hoër in haar stem lê.

"Inteendeel, jy het die situasie aangegryp en 'n goeie up yours vir ons hele regstelsel gewys. Vir dertien, amper veertien jaar, het jy weggekom daarmee om wraak te neem op jou situasie en die stelsel."

Die vrou op die vloer beweeg en gee 'n kreun.

"Help," mompel sy, maar beweeg nie verder nie.

James se aandag is vir 'n oomblik by die vrou en Fleur gryp die geleentheid aan. Sy snel tafel toe en gryp die mes, sy gaan nie toelaat dat haar oomblik van haar af weggevat word nie.

James reageer deur haar hand te gryp en om die tafel te stap. "Ek is jou enigste hoop. As jy my vanaand doodmaak is jy nie net 'n reeksmoordenaar nie, maar 'n polisie-moordenaar ook, en daarvoor is daar geen genade nie." Hy verslap sy greep, haal die mes uit haar hand en sit die mes terug op die tafel.

"Ek verstaan nie, jy kon my al lankal gearresteer het, my selfs doodgeskiet het ..."

"Ek is nie hier om enigsins iets van daai te doen nie. Maar dit is uiters belangrik dat jy my vertrou, na my luister, doen wat ek sê."

"Hoekom moet ek jou glo?"

"Soos jy self gesê het, ek kon jou al tien keer doodgeskiet het, maar ek het nie."

Die eerste sirene gaan af en Fleur skrik, weereens voel sy die gedruis van haar hartklop in haar ore. Sy kyk met groot oë na James. Nooit het sy gedink haar lot gaan ooit weer in die hande van 'n man wees nie, nie eers gepraat van 'n polisieman nie.

"Dis nou of nooit ..."

14

NOVEMBER

CLARA

"Enige nuus?" Arno gee vir haar 'n koppie kafee koffie terwyl hulle in die wagarea van die hospitaal sit.

"Nee, hopelik sal ons enige oomblik nuus hê." Sy vat die koffie by hom en begin dit kouer blaas.

"I'm alive!" skree James by die gang af, maar die uiterlike pas nie by die stem wat hulle hoor nie.

"Sersant James, ek is so bly om te sien jy is weer jou ou self." Arno probeer dinge ligter maak as wat dit is.

Clara staan en staar hom aan, maar weet nie wat om te sê nie.

"Ag, kom nou, Speurder, dis nie so erg soos wat dit lyk nie," kom James te hore.

James is amper toe onder verbande. Hy het brandwonde opgedoen oor sy bene, arms en nek, en boonop nog 'n geweerskoot deur die arm. Met die ontploffing van die stoor en die ontsnapping van Fleur, het hulle nie veel bewys van wat daar gebeur het nie. Al wat James in sy verslag kon gee, is dat hulle gestoei het en dat Fleur sy pistool in die hande gekry het. Deur die struikel is hy in die arm geskiet en die gasbottels was oopgedraai naby 'n oop vlam. Hy kon deur die pyn vir Sophi, die slagoffer, loskry en haar uit die stoor dra tot sy veilig weg was van die stoor. Hy het sy balans verloor, by die heuwel afgeval en skielik was daar 'n ontploffing.

Sophi kan nie veel onthou nie, net tot op die punt waar sy 'n stuk verjaardagkoek moes eet. Gelukkig vir Clara het hulle darem nie nog 'n liggaam op hulle tafel en nog 'n saak wat hangend is nie.

"Ek is net werklik bly jy is oukei. Hoe lank gaan jy nog hier moet wees?" Clara is emosioneel en baie besorgd.

"Blykbaar is die herstel van brandwonde 'n ernstige ding," spot hy "Hulle sê dit is nog 'n paar weke."

"Wel, met jou sin vir humor, gaan hulle dit seker so spoedig as moontlik wil maak," spot Arno terug.

Arno is bietjie skepties oor die gebeure van daardie aand. Vir hom is dit nie in Fleur se natuur om 'n plek te verwoes en op so 'n manier moord te pleeg nie. Maar as 'n mens in gevaar is en selfs tronkstraf in die gesig staar, is enige iets moontlik.

"Luister tjom, net om alle kante skoon te hou, daar mag dalk nog 'n paar speurders kom om jou te ondervra oor die gebeure."

"Sure, ek het vir julle alles gegee wat ek kon onthou, maar ek sal bly wees om te help waar ek kan." Hy klink behulpsaam, miskien oordink Arno dinge.

"Sersant, is u reg om deur te gaan." Die suster kom nadergestap met 'n lêer.

"Nou ja, laat ons hierdie wonde gesond kry." Hy groet hulle terwyl die suster hom deurstoot teater toe. Hulle verkies om sy wonde onder verdowing skoon te maak as gevolg van die gruheid daarvan.

FLEUR

1 maand gelede

James stap na die gasbottels terwyl hy met Fleur praat. "Jy gaan my pistool vat en my in die arm skiet. Ek gaan vir hulle sê ons het 'n bakleiery gehad en die pistool het afgegaan toe ons gestruikel het.

"Dan gaan ek vir Sophi vat en haar uit die stoor dra, met dié gaan jy by daardie deur staan ..." hy wys na die deur by die gasbottels. "... en dan gaan jy die res van die verjaarsdagkersies aan die brand steek, by die stoor ingooi en weghardloop, die stoor sal ontplof." Hy draai die gasbottels op hulle grootste oop en vee sy vingerafdrukke af, stap na haar toe en gee vir haar die pistool.

Sy huiwer 'n oomblik.

"Dit moet geloofwaardig lyk, Fleur. Hierdie is jou kans. Maar jy moet my een ding belowe." Hy trek die pistool terug.

"Ek het geweet daar is 'n catch."

"Jy mag hierna geen moord ooit weer pleeg nie. Jou wraak is geneem, almal het jou boodskap gekry, jy het mense op hol gehad vir maande, jare. Gaan begin 'n lewe iewers anders waar jy vrede in jou hart kan kry."

"Is dit, dit? Jy wil net nie meer hê ek moet moord pleeg nie."

"Dis dit." Hy bied haar weer die pistool aan en sy vat dit.

"Jy beter mooi mik, ek wil nog 'n lewe hê hierna."

"Ek belowe niks."

Die skoot gaan af en vir die eerste keer vries Fleur. James skree en val grond toe.

"James!?" skree Fleur.

"Ek is oukei. Good shot."

Fleur stap nader om hom op te help. Daar is baie bloed.

"Nee, moenie jouself vol bloed kry nie. Begin die kersies voorberei, die gas is amper reg. Onthou, moet hulle nog nie aansteek nie, eers nadat ons uit is, en dan moet jy laat waai."

James sukkel deur die pyn na Sophi. Hy maak haar los en tel haar op. Hy stap deur toe en op met die heuwel om 'n veilige afstand van die stoor af te wees.

Fleur stap deur toe en steek die kersies aan die brand, net voor sy dit by die stoor ingooi, kyk sy na waar James op die heuwel staan. Net toe sy die kersies in die stoor gooi, sien sy hoe James sy balans verloor en teen die heuwel aftuimel, maar dit is te laat, die kersies vlieg in die stoor in en Fleur besef sy moet wegkom. Sy draai om en hardloop so vinnig as wat sy kan.

Die ontploffing van die stoor ruk haar van haar voete af en sy val 'n paar treë vorentoe.

"James!" skree sy en kyk terug.

Dit is net rooi en blou ligte wat by die bospaadjie aangery kom. Sy is so verbouereerd dat sy nie eers die sirenes hoor nie ...

"Mevrou, sersant James is in die teater, hulle is besig om sy wonde skoon te maak," hoor sy die verpleegster oor die telefoon sê.

"So hy leef?"

"Ja Mevrou, daardie man het nie sommer einde aan hom nie."

Fleur is te senuweeagtig om te lag vir die verpleegster se grappie. "Baie dankie. Ek sal later weer bel." Sy beëindig die oproep, maak haar oë toe en sê 'n skietgebedjie. "Dankie, Here. Dankie."

15

EEN JAAR LATER

Die son skyn vir die eerste keer in amper 'n week. Die lente-donderbuie het die aarde nie net kom nat maak nie, maar amper kom verwoes.

Clara sit met haar rug teen haar lessenaar en kyk oor die stad uit. Daar is 'n rustigheid in haar oor die feit dat hulle in 'n jaar nog nie weer 'n slagoffer van die *TRIP*-moorde gehad het nie. Aangesien die moordenaar aan hulle bekend is, en die soektog nou is om Fleur op te spoor, het sy dit goed gedink om die geheuekaarte in haar huis en in haar kantoor af te haal en te liasseer. Die spasies lyk nou so leeg sonder die dekor.

Sy kyk af na haar hand en onthou dat haar lewe nie meer dieselfde gaan wees nie. Dat die ongelooflike mooi ring aan haar vinger 'n heeltemal ander lewe vir haar inhou as wat sy aanvanklik vir haarself beplan het.

"Amper mevrou Bester," fluister sy vir haarself.

"Amper mevrou Bester? Jy is dan nog nie eers twee dae verloof nie."

Sy ruk in haar stoel om, spring op en val in Arno se arms in.

"Maak nie saak nie. Solank ek net mevrou Bester kan wees."

Hy lag uit sy maag en gee haar 'n soen. "Sophi stuur groete."

"A, hoe gaan dit met haar?"

"Laas week was maar vir haar moeilik. Sy het baie terugflitse gekry, maar sy is net bly sy het dit oorleef, sy sê die terapie help."

"Solank sy net aangaan met haar terapie en op haar ondersteuningsbasis staatmaak wanneer dit nodig is."

"Ek glo so. Ek moet gaan, ek wou net gou vir jou kom terugvoer gee oor Sophi. Sien jou vanaand."

"Dankie. Sien jou vanaand." Hulle gee mekaar 'n soen.

Terwyl Arno uitstap kom die klerk verby wat posstukke aan die personeel uitdeel. "Speurder, hier is vir jou ook een."

"Sjoe, nie net 'n verloofring nie, maar 'n posstuk ook. Gelukkige girl, jy!" spot hy laggend soos hy die gang afstap.

Sy hou die koevert teen die natuurlike lig om te kyk of sy kan sien wat binne in is voordat sy dit oopmaak. Sy gaan sit in haar stoel en sny die koevert oop met haar sakmes. 'n Poskaart van die Notre Dame Katedraal.

Liefste Speurder

Geluk met julle verlowing. Hy het goed gekies.

Soos julle belofte aan mekaar, maak ek 'n belofte aan jou.

Geen meer verrassings, liggame of rou.

Die poskaart word afgesluit met die Fleur de lis embleem.

Geagte Leser

Ons hoop dat u ons boek geniet het en dit boeiend gevind het. U terugvoer is baie belangrik vir ons en vir toekomstige lesers.

Ons sal dit baie waardeer as u 'n paar oomblikke kan neem om 'n resensie op Amazon te skryf. U mening help ander om ingeligte besluite te neem en dit help ons om beter te verstaan wat ons lesers waardeer.

Baie dankie vir u ondersteuning!

Vriendelike groete

Die Malherbe Span